UM CONTO DE

F. Scott Fitzgerald

COM TRADUÇÃO DE

Debora Fleck & Mariana Serpa

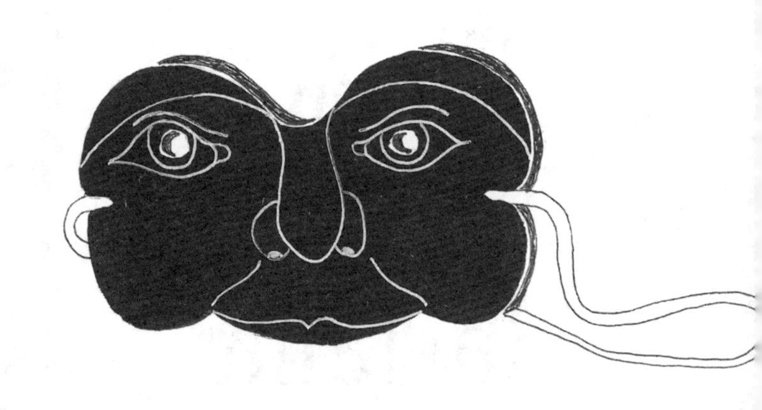

E ARTES DE

Julia Jabur

Coordenação editorial .... BÁRBARA PRINCE
Editorial .... ROBERTO JANNARELLI
.... VICTORIA REBELLO
.... ISABEL RODRIGUES
Comunicação .... MAYRA MEDEIROS
.... PEDRO FRACCHETTA
.... GABRIELA BENEVIDES
Preparação .... RENATO RITTO
Revisão .... ISADORA PROSPERO
.... CÁSSIO YAMAMURA
Diagramação e produção gráfica .... DESENHO EDITORIAL
Projeto gráfico e capa .... GIOVANNA CIANELLI

APRESENTAÇÃO

MARIANA SALOMÃO CARRARA

TEXTOS DE

JOÃO ANZANELLO CARRASCOZA

ISADORA SINAY

SÉRGIO RIZZO

QUEM SABE AINDA SÃO GAROTINHOS

DANIEL LAMEIRA

LUCIANA FRACCHETTA

RAFAEL DRUMMOND

&

SERGIO DRUMMOND

O CURIOSO CASO DE BENJAMIN BUTTON

Antofágica

Apresentação

por

Mariana Salomão Carrara

Olhamos um berçário apinhado de bebês e vemos uma promissora antessala do futuro. Um asilo de idosos, ao som da televisão e dos lápis de cor que rabiscam revistinhas, nos chega mais como um inadequado depósito de passados.

Esperamos uma porção de coisas desse bebê que nasce: que tenha cheiro de leite e que avance belamente na dança sincrônica das estações. No próximo inverno deve engatinhar, dizer as primeiras palavras, sofrer com o despontar dos dentes.

Um berço é um móvel afável e acolchoado, apesar de cercado de grades, porque a um bebê é preciso proteger inclusive de si mesmo. Um berço com um velho dentro é o divertido disparate de Fitzgerald, mas é também a nossa tragédia. Esse berço já não é afável, é uma cama com grades, porque a um velho também é preciso proteger de si mesmo, mesmo que dele não se espere mais futuro algum.

A um bebê perdoamos que não reconheça a visita, mas pelo idoso nos desculpamos constrangidos. É preciso disfarçar a feiura desse embotamento afetivo.

Em *O curioso caso de Benjamin Button*, a inversão criada por Fitzgerald escancara nosso próprio absurdo temporal. Benjamin Button é o bebê velho que não encanta nem evolui. E é depois o frágil pai a quem é preciso distrair com brinquedos, mudar as fraldas, amassar a comida.

É também a calamidade do nosso tempo curto e talhado de expectativas. Aprendemos a viver muitíssimos anos, mas não aprendemos ainda a amar sem dor os caminhos invertidos das estações. Esperamos uma porção de coisas de um pai, acima de tudo que continue para sempre capaz de nos educar.

As idades desfilam velozes e cada mudança contém em si o prenúncio do nosso fim. Fitzgerald criou um contrassenso cômico que, um século depois, ainda nos arrebata como parábola da nossa dolorosa impermanência.

Que a experiência destas páginas possa nos imergir na fluidez destes nossos tempos.

MARIANA SALOMÃO CARRARA é escritora e defensora pública. Publicou os romances *Fadas e copos no canto da casa*, *Se deus me chamar não vou*, indicado ao Prêmio Jabuti 2020, *É sempre a hora da nossa morte amém* e *Não fossem as sílabas do sábado*.

O CURIOSO CASO DE BENJAMIN BUTTON

I

Pelos idos de 1860, era praxe nascer em casa. Hoje, conforme chega aos meus ouvidos, os grandes papas da medicina já decretaram que os bebês devem soltar seus primeiros gritos no ambiente asséptico de um hospital, de preferência em algum estabelecimento da moda. Portanto, os jovens senhor e senhora Button estavam cinquenta anos à frente de seu tempo quando decidiram, num dia de verão, em 1860, que seu primeiro filho deveria nascer num hospital. Se esse anacronismo guarda alguma relação com a impressionante história que vou narrar agora, jamais saberemos.

Vou lhe contar o que aconteceu e deixar que julgue por si.

Na Baltimore do pré-guerra, os Button tinham uma situação invejável, tanto em termos sociais como financeiros. Mantinham relações com os Fulano de Tal e os Sicrano de Tal, o que, como todo sulista sabia, assegurava-lhes o pertencimento à enorme aristocracia que povoava amplamente a Confederação.* Aquela era sua primeira experiência com o fascinante e antigo costume de ter bebês — e o sr. Button naturalmente estava nervoso. Torcia para que fosse um menino e assim pudesse enviá-lo à universidade de Yale, em Connecticut, instituição na qual o próprio sr. Button ficara conhecido, ao longo de quatro anos, pelo apelido um tanto óbvio de "Broche".

Na manhã de setembro consagrada ao grande acontecimento, ele acordou nervoso

---

* Referência à Guerra de Secessão, ocorrida nos Estados Unidos entre 1861 e 1865, após a eleição do presidente Abraham Lincoln. A cidade de Baltimore fazia parte dos chamados Estados Confederados do Sul, que entraram em conflito com o restante do país ao defender o direito de continuar praticando a escravidão. [N. de E.]

às seis, vestiu-se, ajustou a gravata de um jeito impecável e saiu às pressas pelas ruas de Baltimore rumo ao hospital, para saber se a escuridão da noite trouxera em seu seio uma nova vida.

Quando estava a cerca de cem metros do Hospital Particular de Maryland para Damas e Cavalheiros, viu o dr. Keene, o médico da família, descendo a escadaria da frente enquanto esfregava as mãos como se as estivesse lavando — gesto que todos os médicos são obrigados a fazer segundo a ética tácita da profissão.

O sr. Roger Button, presidente da Roger Button & Co., Atacadista de Ferragens, desatou a correr em direção ao dr. Keene com bem menos dignidade do que era de se esperar de um cavalheiro sulista daquela época tão fascinante.

— Dr. Keene! — gritou. — Ei, dr. Keene!

Ao ouvi-lo, o médico virou e ficou à espera dele, uma curiosa expressão assentando-se em seu rosto desapiedado e medicinal enquanto o sr. Button se aproximava.

— O que houve? — perguntou o sr. Button, subindo, esbaforido, os degraus. — Como foi? Como ela está? É menino? Como é? O que...

— Fale coisa com coisa, homem! — disse o dr. Keene, ríspido. Parecia um tanto irritado.

— A criança nasceu? — implorou o sr. Button.

O dr. Keene franziu o rosto.

— Ora, sim, creio que sim... digamos que sim — respondeu, e lançou de novo um olhar curioso para o sr. Button.

— Minha esposa está bem?

— Está.

— É menino ou menina?

— Veja bem! — gritou o dr. Keene, no auge da irritação. — Peço que vá conferir com seus próprios olhos. É ultrajante! — Disparou a última palavra em praticamente uma sílaba e virou-se, resmungando: — Acha que um caso como esse contribui para a minha reputação profissional? Outro desses é capaz de me arruinar... arruinar qualquer um.

— O que é que houve? — perguntou o sr. Button, alarmado. — São trigêmeos?

— Trigêmeos coisa nenhuma! — respondeu o médico, com sarcasmo. — Para além disso, só indo lá ver por conta própria. E arranje outro médico. Eu trouxe você ao mundo, rapaz, e sou médico da sua família há quarenta anos, mas para mim já basta! Nunca mais quero ver você ou qualquer parente seu! Passar bem!

Então ele se virou bruscamente e, sem dizer mais nada, subiu em sua carruagem, que o aguardava junto à calçada, partindo dali num rompante.

O sr. Button ficou parado na calçada, estupefato e tremendo dos pés à cabeça. Que terrível incidente teria acontecido? Perdera de súbito todo o desejo de entrar no Hospital Particular de Maryland para Damas e

Cavalheiros — foi com um esforço hercúleo que, dali a pouco, obrigou-se a subir os degraus e entrar pela porta da frente.

Havia uma enfermeira sentada a uma mesa, na opaca escuridão do saguão de entrada. Engolindo a vergonha, o sr. Button se aproximou.

— Bom dia — cumprimentou ela, muito cordial.

— Bom dia. Sou... sou o sr. Button.

Na mesma hora, uma expressão de horror tomou conta do rosto da moça. Ela ficou de pé e parecia estar a ponto de fugir do saguão, mas se conteve com grande dificuldade.

— Quero ver meu bebê — disse o sr. Button.

A enfermeira deixou escapar um gritinho.

— Ah… é claro! — exclamou, com histeria. — Pode subir. Logo aqui em cima. Pode ir… *suba*!

Ela apontou a direção, e o sr. Button, banhado num suor frio, virou-se hesitante e começou a subir para o segundo andar. No saguão superior, falou com outra enfermeira que havia se aproximado com uma bacia na mão.

— Sou o sr. Button — ele conseguiu articular. — Quero ver…

Clinc! A bacia caiu com estrondo no chão e saiu rolando em direção à escada. Clinc! Clinc! O recipiente iniciou uma descida metódica, como se compartilhasse do pavor geral que aquele senhor provocava.

— Quero ver meu bebê! — O sr. Button estava quase aos berros. Parecia à beira de um colapso.

Clinc! A bacia chegara ao primeiro piso. A enfermeira tinha conseguido se recompor e lançou para o sr. Button um olhar cheio de desdém.

— Tudo *bem*, sr. Button — concordou ela, sussurrando. — Muito que *bem*! Mas se o senhor soubesse em que estado nós todos ficamos esta manhã! É absolutamente ultrajante! O hospital nunca terá uma sombra de reputação depois que...

— Vamos logo! — gritou ele com uma voz rouca. — Não aguento mais!

— Por aqui, então, sr. Button.

Ele foi se arrastando atrás dela. No final de um corredor comprido, chegaram a uma sala de onde provinha uma variedade de gemidos — uma sala que, no jargão posterior, ficaria conhecida como "sala do choro". Os dois entraram. Dispostos junto às paredes estavam meia dúzia de berços brancos de rodinhas, cada um com uma etiqueta afixada na parte da frente.

— Então — arquejou o sr. Button —, qual deles é o meu?

— Aquele! — respondeu a enfermeira.

Os olhos do sr. Button seguiram para onde o dedo dela apontava, e eis o que ele viu: enrolado numa volumosa manta branca e parcialmente enfiado num dos berços, estava um velho que aparentava ter uns setenta anos. Seu cabelo ralo era quase branco, e do queixo saía uma barba longa e grisalha, que ondulava absurdamente para a frente e para trás, atiçada pela brisa que vinha da janela. O velho encarou o sr. Button com olhos vagos, embotados, nos quais espreitava uma pergunta de perplexidade.

— Estou louco ou o quê? — trovejou o sr. Button, o pavor transformando-se em raiva. — Por acaso isso é uma piada hospitalar de mau gosto?

— Não nos parece uma piada — respondeu a enfermeira, com firmeza. — E não sei dizer se o senhor está louco ou não, mas este com certeza é o seu filho.

O suor frio se intensificou na testa do sr. Button. Ele fechou os olhos e depois, ao abri-los, olhou de novo. Não havia dúvidas: estava diante de um homem na casa dos setenta —

um *bebê* de setenta e tantos anos, um bebê com os pés dependurados nas laterais do berço onde repousava.

O velho olhou calmamente para o sr. Button e depois para a enfermeira, e de repente falou, numa voz rouca de gente idosa:

— O senhor é o meu pai?

O sr. Button e a enfermeira sentiram um violento sobressalto.

— Porque se for — prosseguiu o velho, em tom de queixa —, gostaria que me tirasse desse lugar, ou que pelo menos mandasse esse pessoal me arrumar uma cadeira de balanço confortável.

— Em nome de Deus, de onde você saiu? Quem é você? — explodiu o sr. Button, desesperado.

— Não sei dizer *exatamente* quem sou — respondeu o velho ranzinza —, pois nasci há poucas horas... mas meu sobrenome com certeza é Button.

— Está mentindo! Seu impostor!

O velho se virou fatigado para a enfermeira.

— Que ótima recepção para um recém-nascido, hein? — reclamou, numa voz fraca. — Diga a ele que está enganado, sim?

— O senhor está enganado, sr. Button — disse a enfermeira, muito ríspida. — Esta criança é sua, e o senhor terá que se virar como pode. Pedimos que o leve para casa o mais rápido possível... ainda hoje.

— Para casa? — repetiu o sr. Button, incrédulo.

— Exato, não podemos mantê-lo aqui. Não podemos mesmo, entendeu?

— Folgo em saber — resmungou o velho. — Que belo ambiente para se manter um jovem tranquilo. Com todo esse berreiro e esse chororô, não consegui pregar os olhos. Pedi alguma coisa para comer — aqui sua voz se elevou numa nota aguda de protesto — e me trouxeram uma mamadeira de leite!

O sr. Button afundou numa cadeira perto do filho e escondeu o rosto entre as mãos.

— Minha nossa! — murmurou, num êxtase de pavor. — O que as pessoas vão dizer? O que é que eu faço?

— O senhor precisa levá-lo para casa — insistiu a enfermeira —, imediatamente!

Uma imagem grotesca se formou com medonha nitidez diante dos olhos daquele homem atormentado: era a imagem dele caminhando em meio às ruas apinhadas da cidade, com aquela aterradora aparição colada a seu lado.

— Não consigo, não consigo — gemeu.

As pessoas parariam para falar com ele, e o que responderia? Teria de apresentar aquele... aquele septuagenário: "Este é o meu filho, nasceu hoje cedo". Em seguida, o velho se enrolaria na manta e os dois seguiriam em frente, arrastando-se, passando pelas lojas fervilhantes, pelo mercado de escravos — por um instante sombrio, o sr. Button quis muito que o filho fosse negro —, pelas casas luxuosas do bairro residencial, pelo asilo de idosos...

— Chega! Controle-se — ordenou a enfermeira.

— Escuta aqui — anunciou o velho de repente —, se acham que vou para casa enrolado nessa manta, estão redondamente enganados.

— Bebês são sempre enrolados em mantas.

Com um gemido esganiçado e malicioso, o velho ergueu a manta branca.

— Olha só! — exclamou ele, com a voz trêmula. — Foi *isso* que arranjaram para mim.

— Bebês sempre usam isso — disse a enfermeira, com afetação.

— Bom — disse o velho —, acontece que daqui a pouco o bebê aqui não vai é usar mais nada. Essa manta pinica. Podiam pelo menos ter me dado um lençol.

— Trate de ficar com isso! Não tire, não! — disse o sr. Button, apressado. E se virou para a enfermeira: — O que é que eu faço?

— Vá até a cidade e compre umas roupas para o seu filho.

A voz do filho do sr. Button o seguiu pelo corredor:

— E uma bengala, pai. Eu quero uma bengala.

O sr. Button saiu, batendo a porta furioso...

II

— Bom dia — disse o sr. Button, nervoso, ao vendedor da Chesapeake Dry Goods Company. — Quero comprar umas roupas para o meu filho.

— Quantos anos tem a criança, senhor?

— Umas seis horas — respondeu o sr. Button, de bate-pronto.

— Seção de artigos para bebês, nos fundos da loja.

— Olha, não acho que... não sei bem se é isso que quero. É que... é uma criança de tamanho anormal. Excepcionalmente... hm... grande.

— Temos tamanhos para os bebês maiores.

— Onde fica a seção de meninos? — indagou aflito o sr. Button, mudando de ideia.

Tinha certeza de que o vendedor estava farejando seu infame segredo.

— Bem ali.

— Bom...

Ele hesitou. A ideia de vestir o filho recém-nascido em roupas de adulto era repugnante. Se conseguisse, digamos, pelo menos encontrar uma roupa de menino bem grande, poderia cortar aquela horrenda barba comprida, pintar de castanho os cabelos brancos, e assim dar um jeito de disfarçar o pior, para preservar um pouco do orgulho próprio — sem falar na posição que ocupava na sociedade de Baltimore.

Mas a frenética varredura na seção de meninos não revelou nenhuma roupa que coubesse no bebê Button. Ele culpou a loja, claro — nesses casos, o que se faz é culpar a loja.

— Quantos anos o senhor disse que o menino tem? — indagou o curioso vendedor.

— Ele tem... dezesseis.

— Ah, me desculpe. Achei que tivesse dito seis horas. A seção de jovens é logo ali, no outro corredor.

O sr. Button deu meia-volta, desolado. Então parou, empertigou-se e apontou para um manequim exposto na vitrine.

— Ali! — exclamou. — Vou levar aquela roupa ali, a que está no manequim.

O vendedor olhou.

— Ora — protestou o atendente —, mas isso não é roupa de criança. Bom, pode até ser, mas é roupa de festa. O senhor mesmo poderia vesti-la!

— Pode embrulhar — insistiu o nervoso cliente. — É isso que eu quero.

Desconcertado, o vendedor obedeceu.

De volta ao hospital, o sr. Button entrou no berçário e quase arremessou o embrulho em cima do filho.

— Toma a sua roupa — disparou ele.

O velho abriu o pacote e encarou o conteúdo, com um olhar aturdido.

— Parece meio esquisita — disse. — Não quero ficar com cara de palhaço...

— Foi você que me fez de palhaço! — devolveu o sr. Button, agressivo. — Não quero nem saber se vai ficar esquisito. Vista essa roupa, senão... senão... eu te dou uma *surra*. — Engoliu em seco ao proferir a última palavra, mas sentiu que era o certo a ser dito.

— Está bem, pai — respondeu o velho, num grotesco arremedo de respeito filial. — O senhor já viveu mais; sabe mais das coisas. O senhor é que manda.

Como antes, o som da palavra “pai” provocou um violento sobressalto no sr. Button.

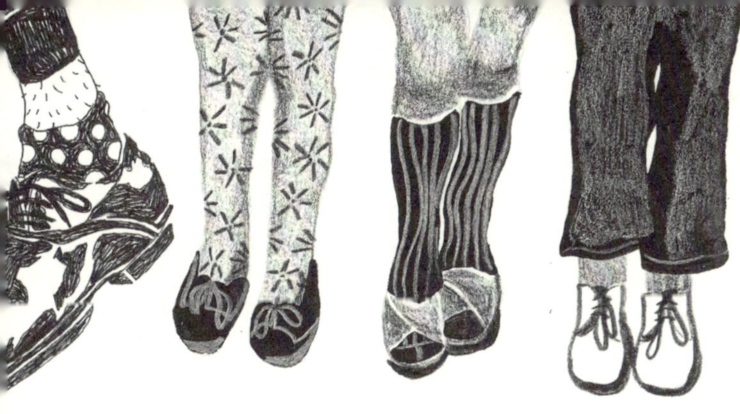

— E anda logo.

— Estou indo, pai.

Ao ver o filho vestido, o sr. Button o encarou com desalento. O traje consistia em meias de bolinha, calça cor-de-rosa e uma blusa cintada com uma enorme gola branca. Por cima dela balançava a barba comprida e esbranquiçada, quase até a cintura. O resultado não estava bom.

— Espera!

O sr. Button pegou uma tesoura do hospital e com três movimentos ligeiros decepou um bom pedaço da barba. Mesmo com essa melhora, a figura ainda estava longe da perfeição. O chumaço residual de cabelos desgrenhados, os olhos úmidos, os dentes envelhecidos, tudo parecia em descompasso com a jovialidade da roupa. O sr. Button, no entanto, foi inflexível. E estendeu a mão.

— Vem comigo! — disse, num tom ríspido.

O filho deu a mão a ele, sem questionar.

— Como é que o senhor vai me chamar, pai? — balbuciou, quando os dois saíam do berçário. — Só de "bebê", por enquanto? Até pensar num nome melhor?

O sr. Button soltou um grunhido.

— Não sei — respondeu, seco. — Acho que seu nome tinha que ser Matusalém.

III

Mesmo depois de o novo acréscimo à família Button ter o cabelo cortado bem curto e em seguida tingido de um preto austero e nada natural, mesmo depois de o barbearem tão rente que seu rosto passou a brilhar, e já metido em roupas de menino pequeno feitas sob medida por um alfaiate boquiaberto, era impossível para o sr. Button ignorar o fato de que, como primeiro bebê da família, o filho não passava de um simulacro. Apesar do andar curvado de homem idoso, Benjamin Button — foi assim que resolveram chamá-lo, em vez da alcunha mais apropriada, porém detestável, de Matusalém — media mais de um metro e setenta. As roupas não davam conta de esconder

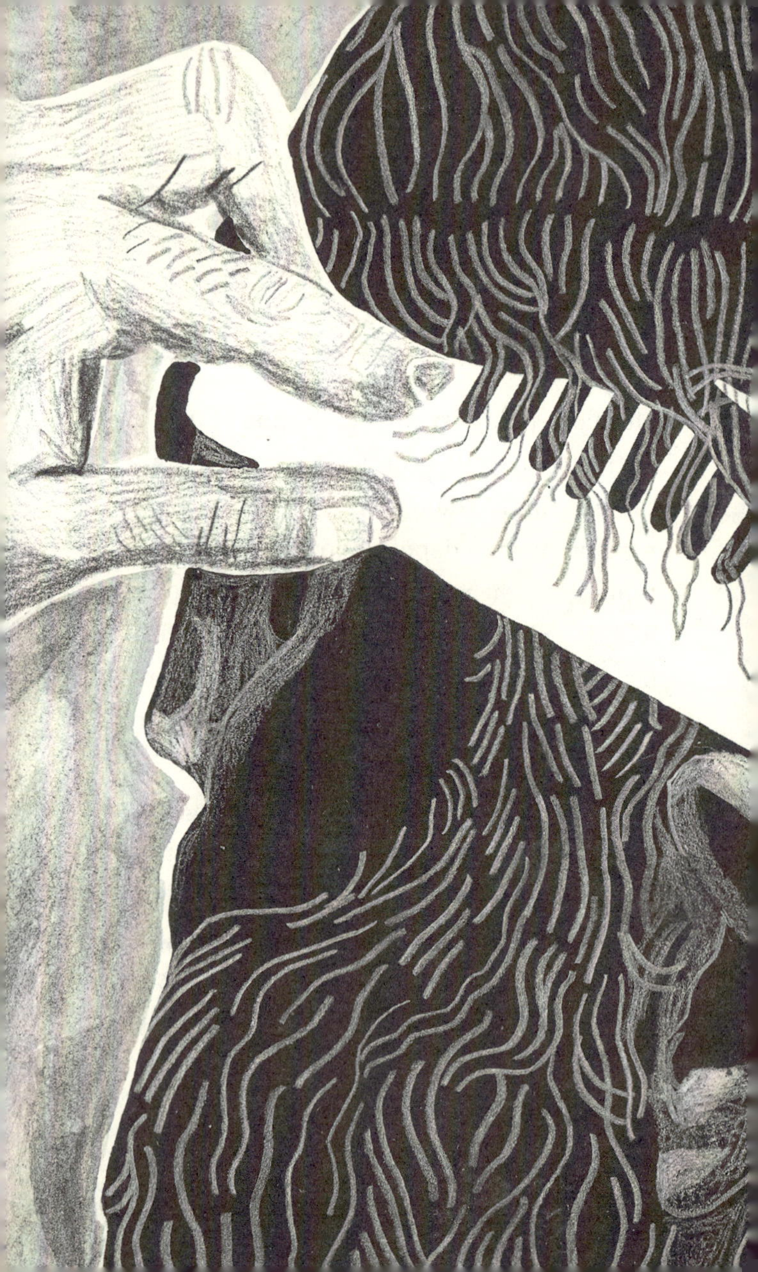

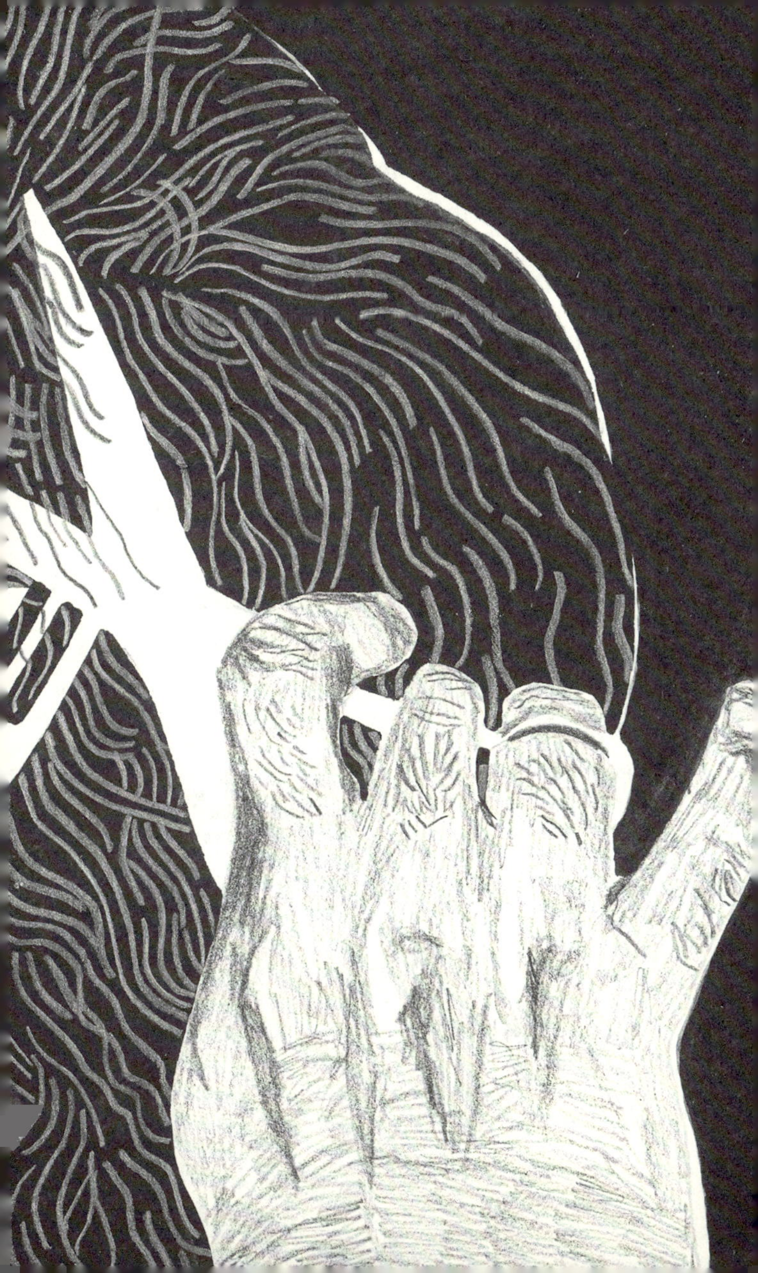

sua altura, e tampouco as sobrancelhas aparadas e tingidas disfarçavam o fato de que os olhos eram esmaecidos, lacrimosos e cansados. Tanto é que bastou uma única espiada para que a ama, contratada com antecedência, fosse embora da casa num estado de considerável indignação.

Mas o sr. Button persistiu em seu firme propósito. Benjamin era um bebê, e bebê deveria permanecer. A princípio, declarou que, se Benjamin não gostava de leite quente, que ficasse em jejum, mas por fim acabou sendo convencido a deixar o filho comer pão

com manteiga e até um mingau de aveia, abrindo uma concessão. Um dia, levou um chocalho para casa e, entregando-o ao filho, insistiu sem meias-palavras que ele deveria "brincar com isso aqui", no que o velho pegou o chocalho com uma expressão abatida e foi ouvido sacudindo-o de tempos em tempos ao longo do dia, em atitude obediente.

Não há dúvidas, porém, de que o chocalho o enfadava e que ele descobria distrações mais relaxantes quando o deixavam a sós. Um dia o sr. Button notou, por exemplo, que na semana anterior fumara mais charutos do que nunca — fenômeno explicado uns dias depois quando, ao entrar sem aviso no quarto da criança, encontrou o cômodo tomado por uma leve bruma azulada e Benjamin, com expressão de culpa no rosto, tentando esconder o que sobrara de um Havana escuro. A descoberta, é claro, exigia uma surra das boas, mas o sr. Button chegou à conclusão de que não seria capaz de administrá-la.

Limitou-se a dizer ao filho que assim iria "atrofiar seu crescimento".

No entanto, o pai persistiu em sua atitude. Levou para casa soldadinhos de chumbo, levou trenzinhos, levou bichos enormes feitos de algodão e, para aperfeiçoar a ilusão que criava — pelo menos para si mesmo —, perguntou com veemência ao vendedor da loja de brinquedos se "a tinta do pato rosa sairia caso o bebê o botasse na boca". Mas, apesar dos esforços do pai, Benjamin se recusava a

exibir qualquer interesse nos brinquedos. Descia furtivamente a escada dos fundos e voltava para o quarto com um volume da Enciclopédia Britânica, sobre o qual se debruçava à tarde, enquanto suas vaquinhas de algodão e sua arca de Noé ficavam negligenciadas no chão. Diante de tamanha teimosia, os esforços do sr. Button de pouco adiantavam.

A sensação criada em Baltimore foi, a princípio, descomunal. Não é possível determinar o que o incidente teria custado, em termos sociais, aos Button e a sua parentela, pois, com a eclosão da Guerra Civil, a atenção da cidade foi deslocada para outros assuntos. Umas poucas pessoas de polidez inabalável quebraram a cabeça em busca de maneiras de parabenizar os pais — por fim, chegaram ao engenhoso plano de declarar que o bebê se parecia com o avô, fato que, devido ao estado de decadência comum à maioria dos homens de setenta anos, não podia ser negado. O sr. e a sra. Button não se mostraram contentes, e o avô de Benjamin ficou furioso com tamanho insulto.

Após deixar o hospital, Benjamin aceitou a vida que o esperava. Vários garotinhos eram levados para brincar com ele, que passava aquelas tardes com dores nas juntas tentando forjar um interesse por piões e bolinhas de gude — certa vez, chegou a conseguir, por mero acaso, quebrar a janela da cozinha lançando uma pedra com um estilingue, façanha que secretamente encantou seu pai.

Dali em diante, Benjamin deu um jeito de quebrar alguma coisa todo dia, mas só agia assim pois era o que se esperava dele e porque era prestativo por natureza.

Quando o antagonismo inicial do avô se dissipou, Benjamin e aquele senhor passaram a desfrutar com enorme prazer da companhia um do outro. Ficavam horas reunidos, os dois tão apartados em idade e experiência, e, feito velhos comparsas, discutiam com

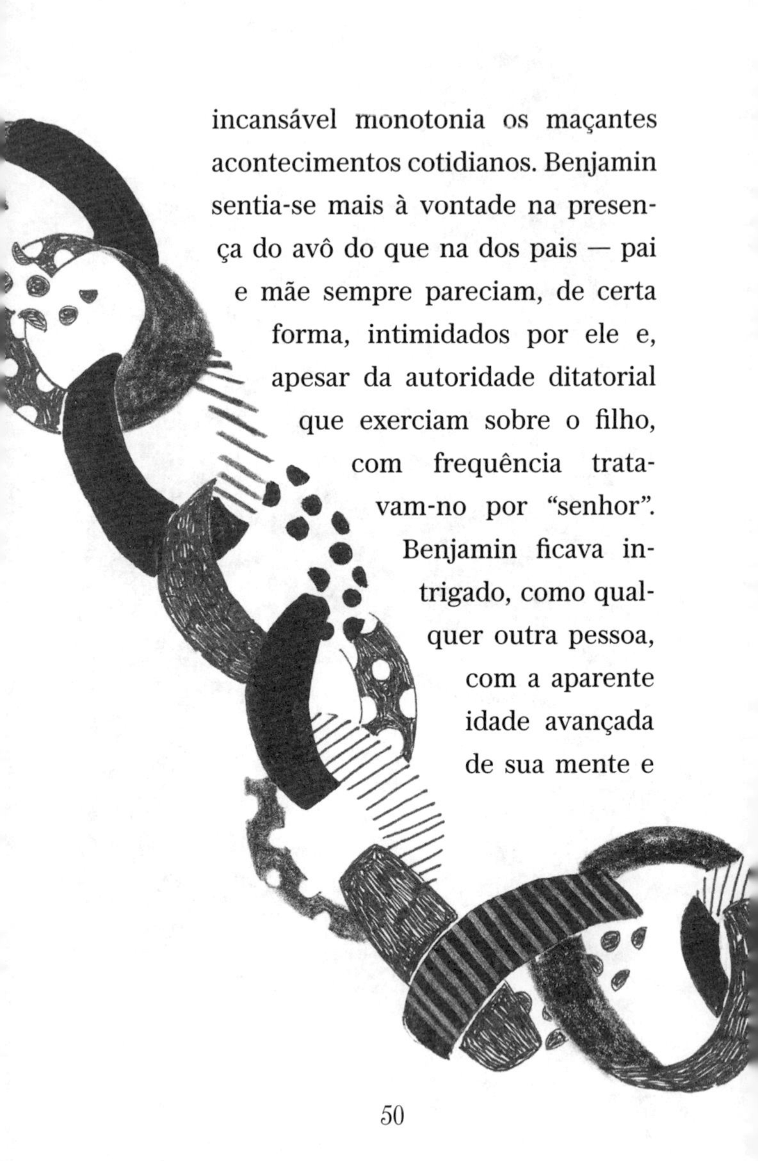

incansável monotonia os maçantes acontecimentos cotidianos. Benjamin sentia-se mais à vontade na presença do avô do que na dos pais — pai e mãe sempre pareciam, de certa forma, intimidados por ele e, apesar da autoridade ditatorial que exerciam sobre o filho, com frequência tratavam-no por "senhor". Benjamin ficava intrigado, como qualquer outra pessoa, com a aparente idade avançada de sua mente e de seu corpo ao nascer. Pesquisou sobre o assunto na literatura médica, mas descobriu que nenhum caso similar jamais fora registrado. Por insistência do pai, fazia um esforço genuíno para brincar com outros meninos e muitas vezes se envolvia nas brincadeiras mais tranquilas — o futebol o sacolejava demais, e Benjamin temia que, numa eventual fratura, seus ossos já velhos não aceitassem se unir novamente.

Aos cinco anos, entrou para o

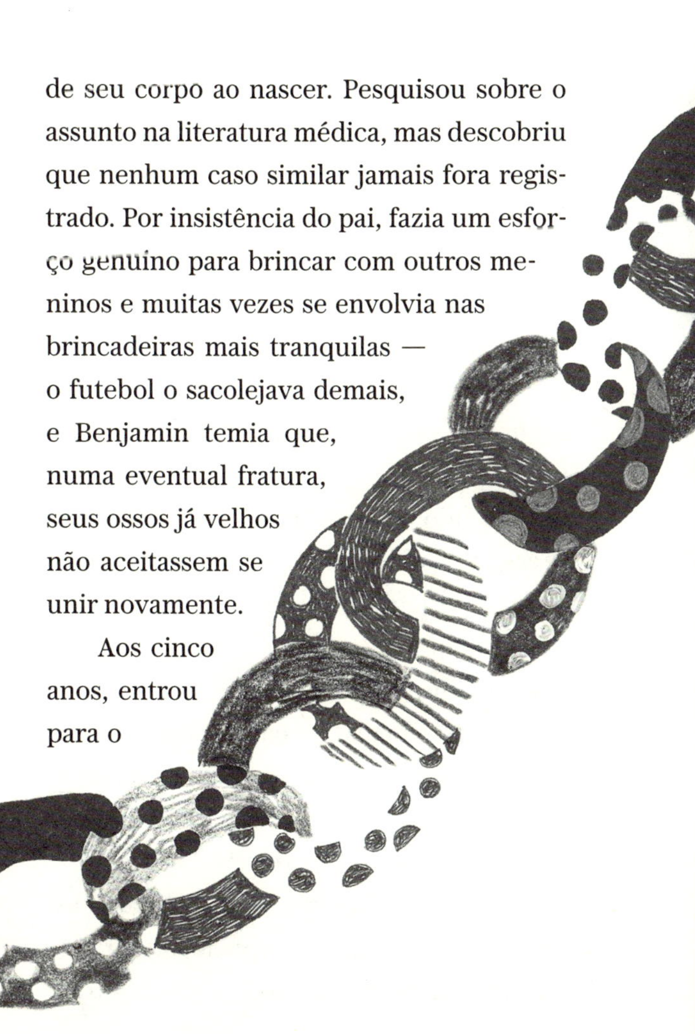

jardim de infância, onde foi iniciado na arte de colar papel verde sobre papel laranja, criar mapas coloridos e confeccionar infinitos colarzinhos de cartolina. Tendia a cochilar no meio dessas tarefas, hábito que ao mesmo tempo irritava e assustava sua jovem professora. Para alívio dele, ela reclamou com seus pais, que o tiraram da escola. Os Button disseram aos amigos que ainda achavam o filho muito novinho.

Quando fez doze anos, os pais já haviam se acostumado com ele. De fato, tão poderosa é a força do hábito que eles não mais achavam o filho diferente das outras crianças — exceto quando uma curiosa anomalia aparecia para lembrá-los. Um dia, porém, poucas semanas depois de seu décimo segundo aniversário, ao se olhar no espelho, Benjamin fez, ou acreditou ter feito, uma incrível descoberta. Estariam seus olhos o traindo ou, naqueles doze anos de vida, seu cabelo passara de branco a grisalho por sob a tintura que camuflava a cor original? A trama de rugas em seu rosto estaria menos pronunciada? Sua pele estaria mais firme e viçosa, inclusive com uma corzinha rosada de inverno? Ele não sabia dizer. Só sabia que deixara de caminhar curvado e que seu condicionamento físico havia melhorado em comparação à primeira fase da vida.

"Será possível...?", pensava com seus botões, ou melhor, mal ousava pensar.

Foi até o pai.

— Eu já cresci — anunciou, determinado. — Quero usar calça comprida.

O pai hesitou.

— Bom — disse, por fim —, não sei. Quatorze é a idade certa para começar a usar calça comprida... e você só tem doze.

— Mas o senhor tem que admitir — protestou Benjamin — que eu sou grande para a minha idade.

O pai o encarou, dissimulando certa reflexão.

— Ah, não tenho tanta certeza disso — falou. — Eu tinha esse mesmo tamanho que você aos doze anos.

Não era verdade — fazia parte do acordo tácito de Roger Button consigo mesmo para acreditar na normalidade do filho.

No fim das contas, chegaram a um acordo. Benjamin continuaria pintando o cabelo. Deveria se esforçar mais para brincar com os meninos de sua idade. Não usaria óculos nem andaria de bengala no meio da rua. Em troca dessas concessões, poderia usar seu primeiro traje de calça comprida...

IV

Da vida de Benjamin Button entre os doze e os vinte e um anos, pretendo contar pouca coisa. Basta dizer que foram anos de decrescimento normal. Aos dezoito, tinha a postura ereta de um homem de cinquenta; ganhara mais cabelo, de um grisalho já escuro; seu caminhar era firme, a voz tinha perdido a agudez trêmula e baixara para um grave mais saudável. Então o pai o mandou a Connecticut para as provas de admissão na Universidade de Yale. Benjamin foi aprovado e entrou para a turma dos calouros.

No terceiro dia depois da matrícula, recebeu uma notificação do sr. Hart, o secretário acadêmico, pedindo que fosse até seu escritório para organizar a grade de aulas.

Ao se olhar no espelho, Benjamin concluiu que a tintura castanha do cabelo precisava de retoque, mas uma ansiosa busca na gaveta da cômoda revelou que o frasco não estava lá. Então recordou-se: na véspera, a tintura havia acabado, e ele jogara o frasco fora.

Viu-se num dilema. Precisava estar na sala do secretário dali a cinco minutos. Parecia não haver saída — teria que ir do jeito que estava. E assim foi.

— Bom dia — disse o secretário, com educação. — O senhor veio falar sobre o seu filho?

— Bom, na verdade, eu me chamo Button... — começou Benjamin, mas o sr. Hart o interrompeu.

— Muito prazer em conhecê-lo, sr. Button. Estou esperando o seu filho, ele já deve estar chegando.

— Sou eu! — exclamou Benjamin. — Sou eu o calouro.

— Como é?!

— Sou eu o calouro.

— O senhor com certeza está de brincadeira.

— De modo algum.

O secretário franziu o cenho e olhou um cartão à sua frente.

— Bom, aqui consta que o sr. Benjamin Button tem dezoito anos.

— É isso mesmo — devolveu Benjamin, meio corado.

O secretário o encarou com um olhar de cansaço.

— Sr. Button, faça-me o favor... o senhor não espera que eu acredite nisso.

Benjamin sorriu, também cansado.

— Eu tenho dezoito anos.

O secretário apontou com firmeza para a porta.

— Saia daqui — disse ele. — Saia desta instituição e saia da cidade. O senhor é um lunático perigoso.

— Eu tenho dezoito anos — repetiu Benjamin.

O sr. Hart abriu a porta.

— Que ideia! Um homem da sua idade tentando se passar por calouro. Dezoito anos, é? Pois eu lhe dou dezoito minutos para sair da cidade.

Benjamin Button deixou a sala, muito altivo, e meia dúzia de estudantes que esperavam no corredor o acompanharam com olhos curiosos. Depois de uns passos, ele deu meia-volta, encarou o furioso secretário, ainda parado diante da porta, e repetiu, num tom firme:

— Eu tenho dezoito anos.

Sob o coro dos risinhos que irromperam do grupo de alunos, Benjamin foi-se embora.

Mas não era seu destino escapar assim tão facilmente. No melancólico trajeto até a estação de trem, percebeu que estava sendo seguido por um grupinho, depois por um bando, e enfim, por uma multidão de estudantes. Tinha se espalhado a notícia de que um maluco fora aprovado em Yale e tentava se passar por um jovem de dezoito anos.

A faculdade ficou em polvorosa. Vários homens saíram correndo sem chapéu das salas de aula, o time de futebol largou o treino e foi se unir à turba, e as esposas dos professores, com suas toucas tortas e anáguas em desalinho, dispararam aos berros atrás da procissão, que dirigia uma interminável sucessão de impropérios às suscetibilidades de Benjamin Button.

— Esse aí deve ser o Judeu Errante!

— Com essa idade, devia estar na escola preparatória!

— Vejam só essa criança prodígio!

— Ele achou que aqui fosse o asilo de velhos.

— Vá para Harvard!

Benjamin apressou o passo, e logo se pôs a correr. Aquele povo ia ver só! Ele iria para Harvard, sim, e aquela gente toda se arrependeria de tantas provocações irrefletidas!

Já seguro e embarcado no trem para Baltimore, meteu a cabeça para fora da janela.

— Vocês vão se arrepender! — gritou.

— Rá, rá, rá! — riram os estudantes. — Rá, rá, rá!

Foi o maior erro que a Universidade de Yale já cometeu...

V

Em 1880, Benjamin Button estava com vinte anos, e o aniversário marcou o momento em que começou a trabalhar para o pai na Roger Button & Co., Atacadista de Ferragens. Foi nesse mesmo ano que ele passou a "sair socialmente" — ou melhor, o pai insistia em carregá-lo para diversos bailes sofisticados. Roger Button completara cinquenta anos, e ele e o filho estavam cada vez mais companheiros — a bem da verdade, como Benjamin tinha parado de tingir o cabelo (que continuava grisalho), os dois pareciam ter mais ou menos a mesma idade e podiam passar por irmãos.

Numa noite de agosto, os dois entraram na carruagem vestidos a rigor e foram até um baile na casa de campo dos Shevlin, situada nos arredores de Baltimore. Era uma noite magnífica. A lua cheia mergulhava o caminho num tom platinado opaco, e as flores de colheita tardia desprendiam no ar parado aromas que pareciam risadinhas baixas, quase inaudíveis. O campo aberto, acarpetado pelo trigo reluzente a perder de vista, estava translúcido como se fosse dia. Era quase impossível não se afetar pela beleza diáfana do céu noturno — quase.

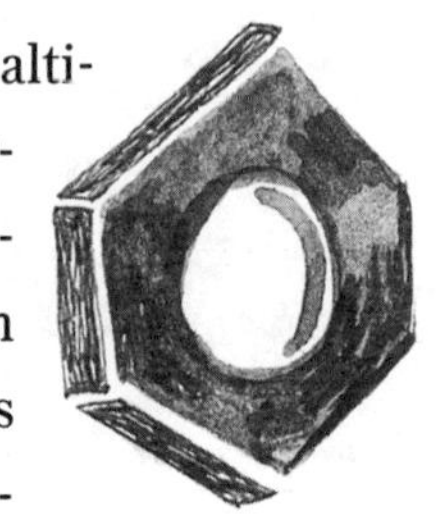

— O futuro é promissor para o negócio de produtos secos — dizia Roger Button. Não era um homem refinado; tinha um senso estético rudimentar. — Gente velha que nem eu não consegue aprender coisas novas — observou ele, pensativo. — São vocês, jovens cheios de energia e vitalidade, que têm um grande futuro pela frente.

Mais adiante na estrada, as luzes da casa de campo dos Shevlin assomaram no horizonte, e a partir dali um som suspirante passou a acompanhá-los com insistência — devia ser o fino lamento dos violinos ou o farfalhar do trigo prateado sob a lua.

Eles pararam atrás de uma bela carruagem cujos passageiros desembarcavam bem à porta. Primeiro saiu uma moça, depois um senhor de idade e em seguida outra jovem, de uma beleza espantosa. Benjamin se sobressaltou; uma alteração quase química pareceu dissolver e recompor os elementos de seu corpo. Sentiu um arrepio, o sangue lhe subiu às faces, à testa, e uma batida constante passou a soar em seus ouvidos. Era o primeiro amor.

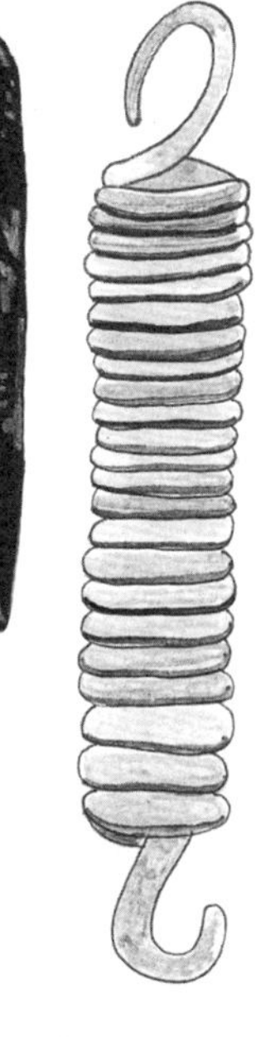

A jovem era esguia e delicada, e seu cabelo parecia acinzentado sob o luar e cor de mel debaixo

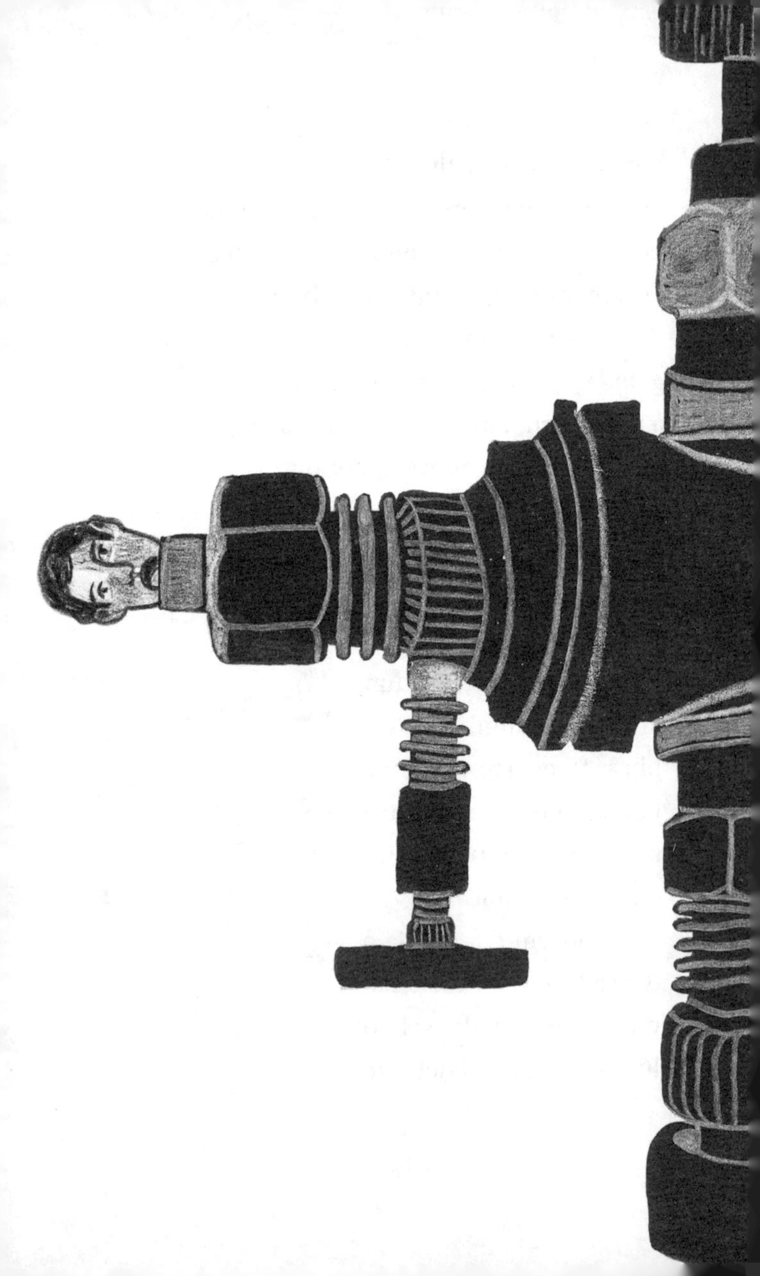

dos lampiões bruxuleantes do alpendre. Sobre os ombros, jogara uma mantilha espanhola de um amarelo-claro, salpicado de preto; seus pés eram botões reluzentes na barra do vestido com anquinhas.

Roger Button se inclinou na direção do filho.

— Aquela — disse ele — é a jovem Hildegarde Moncrief, filha do general Moncrief.

Benjamin fez que sim friamente.

— Bonitinha — disse, com indiferença. Mas quando o rapaz negro se afastou com a carruagem, ele acrescentou: — Pai, o senhor podia me apresentar a ela.

Pai e filho se aproximaram de um grupo em que a srta. Moncrief figurava no centro. Educada segundo as antigas tradições, ela fez uma reverência a Benjamin. Sim, poderia lhe conceder uma dança na hora apropriada. Ele agradeceu e foi embora — saiu atordoado.

O intervalo até chegar a vez dele se arrastou indefinidamente. Benjamin permaneceu junto à parede, em silêncio, inescrutável, observando com olhar colérico os rapazotes de Baltimore rodopiarem em torno de Hildegarde Moncrief, com admiração apaixonada em seus rostos. Pareciam muito repulsivos para Benjamin; terrivelmente risonhos! Aquelas suíças castanhas encaracoladas despertavam nele uma sensação indigesta.

Mas quando chegou sua vez e os dois começaram a deslizar graciosamente pelo salão ao som da última valsa de Paris, os ciúmes e as ansiedades derreteram feito um manto de neve. Cego de arrebatamento, ele sentia que a vida estava apenas começando.

— Você e seu irmão chegaram aqui

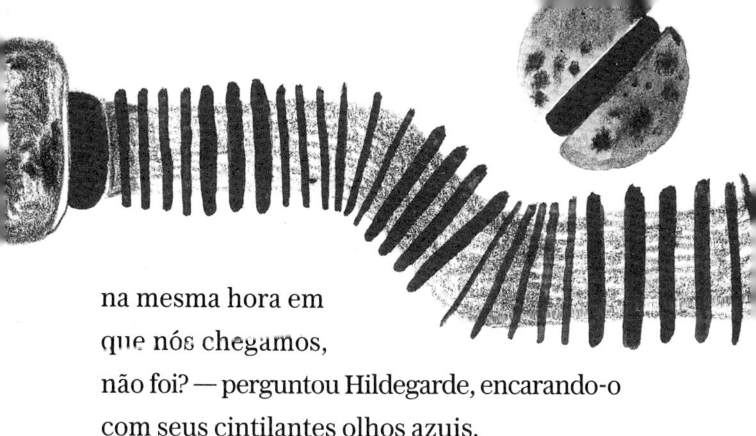

na mesma hora em que nós chegamos, não foi? — perguntou Hildegarde, encarando-o com seus cintilantes olhos azuis.

Benjamin hesitou. Se ela o tomara por irmão de seu pai, seria melhor botar os pingos nos is? Recordou-se da experiência em Yale, de modo que decidiu não dizer nada. Seria falta de educação contradizer uma dama; seria um crime arruinar aquele momento único com a grotesca história de suas origens. Logo mais, quem sabe? Então se limitou a assentir, sorrir e ouvi-la; estava feliz.

— Gosto de homens da sua idade — falou Hildegarde. — Os mais novos são tão idiotas. Ficam se vangloriando do tanto de champanhe que tomam na faculdade, da dinheirama que perdem no jogo. Os homens da sua idade sabem valorizar as mulheres.

Benjamin sentia-se a ponto de lhe pedir a mão — com certo esforço, conteve o impulso.

— A sua idade é a mais romântica — prosseguiu ela. — Cinquenta. Os homens de vinte e cinco são muito pragmáticos; os de trinta tendem a se exaurir de tanto trabalhar; quarenta é a idade das histórias compridas que levam um charuto inteiro para serem contadas; sessenta é... ah, sessenta já está muito perto dos setenta; agora, cinquenta é a idade mais plena. Adoro os cinquenta anos.

Pareceu a Benjamin que os cinquenta eram a idade gloriosa. Ele ansiou ardentemente por chegar lá.

— Eu sempre digo — continuou Hildegarde — que prefiro me casar com um homem de cinquenta, que vai cuidar de mim, do que me casar com um de trinta e ter que cuidar dele.

Para Benjamin, o resto da noite foi banhado por uma bruma cor de mel. Hildegarde lhe concedeu duas outras danças, e os dois descobriram que estavam maravilhosamente de acordo acerca de todos os assuntos da ordem do dia. Ela daria um passeio de carro com ele no domingo seguinte, quando discutiriam esses assuntos mais a fundo.

A caminho de casa, na carruagem, logo antes do romper do dia, quando as primeiras abelhas zumbiam e a lua evanescente cintilava no orvalho fresco, Benjamin tinha uma vaga noção de que o pai estava falando sobre o ramo de ferragens.

— ... e a que você acha que devemos dar atenção depois dos martelos e dos pregos? — o velho Button ia dizendo.

— À paixão — respondeu Benjamin, distraído.

— Pitão? — exclamou Roger Button. — Ora, acabei de falar em pitão.

Benjamin o encarou atordoado bem no momento em que os primeiros raios de sol despontavam no céu e um corrupião-de-baltimore bocejava seu canto penetrante sobre as árvores que ficavam depressa para trás...

VI

Seis meses depois, quando veio a público o noivado da srta. Hildegarde Moncrief com o sr. Benjamin Button (digo "veio a público" porque o general Moncrief declarou que preferia morrer sob o fio da própria espada a anunciar o enlace), a sociedade de Baltimore atingiu o auge do entusiasmo. A história já quase esquecida do nascimento de Benjamin foi relembrada e fez soprar os ventos do escândalo de formas burlescas e inconcebíveis. Diziam que Benjamin era, na verdade, o pai de Roger Button, ou que era um irmão que havia passado quarenta anos preso, ou, ainda, que era John Wilkes Booth**

** John Wilkes Booth (1838–1865), ator teatral e defensor das ideias da Confederação, foi o assassino do presidente estadunidense Abraham Lincoln. [N. de E.]

disfarçado — e, além de tudo, que tinha dois pequeninos chifres pontudos saindo da cabeça.

Os suplementos dominicais dos jornais nova-iorquinos deram destaque exagerado ao caso, publicando charges fascinantes com a cabeça de Benjamin Button presa a um peixe, a uma cobra e, por fim, a um corpo de latão. Ele ficou conhecido, no meio jornalístico, como o Homem Misterioso de Maryland. Mas a história verdadeira, como em geral costuma acontecer, acabou por circular muito pouco.

De qualquer modo, todos concordavam com o general Moncrief que era um "crime" aquela bela moça, que poderia ter desposado qualquer cavalheiro de Baltimore, resolver se jogar nos braços de um homem que seguramente já tinha seus cinquenta anos. Em vão, o sr. Roger Button mandou publicar, em letras garrafais, a certidão de nascimento do filho no jornal *Baltimore Blaze*. Ninguém acreditou. Bastava olhar para Benjamin.

Quanto às duas pessoas mais interessadas, não houve a menor hesitação. Tantas mentiras circulavam sobre seu noivo que Hildegarde se recusava terminantemente a acreditar até na única história verdadeira. Em vão, o general Moncrief mencionou a alta taxa de mortalidade entre os homens de cinquenta anos — ou, pelo menos, entre os homens que pareciam ter cinquenta anos; em vão, discorreu sobre a instabilidade no ramo de ferragens por atacado. Hildegarde queria se casar com alguém na idade mais plena, e foi o que ela fez...

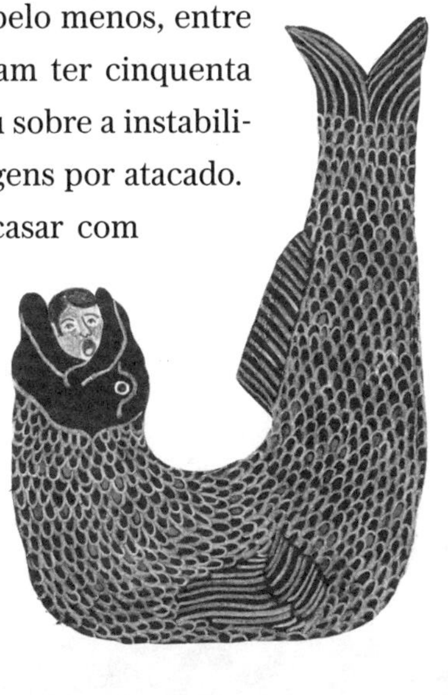

VII

Num ponto específico, pelo menos, os amigos de Hildegarde Moncrief estavam enganados. O ramo de ferragens por atacado prosperou de forma espantosa. Nos quinze anos que se passaram entre o casamento de Benjamin Button, em 1880, e a aposentadoria de seu pai, em 1895, a fortuna da família dobrou — o que se deveu, em grande parte, ao integrante mais jovem da firma.

Nem é preciso dizer que Baltimore, por fim, acolheu o casal em seu seio. Até o velho general Moncrief fez as pazes com o genro quando Benjamin lhe deu dinheiro para publicar sua *História da Guerra Civil* em vinte volumes, que tinha sido recusada por nove proeminentes editoras.

Quanto ao próprio Benjamin, esses quinze anos lhe trouxeram muitas mudanças. Ele sentia o sangue correr pelas veias com renovado vigor. Passou a ser um prazer levantar-se de manhã, percorrer a passos firmes as ruas cheias e ensolaradas, trabalhar incansavelmente com seus carregamentos de martelos e seus fardos de pregos. Foi em 1890 que ele executou sua famosa jogada de mestre: sugeriu que *todos os pregos usados para pregar as caixas que transportam os pregos são de propriedade do destinatário*, proposta que se transformou em estatuto, aprovada pelo juiz Fossile, e poupou à Roger Button & Co., Atacadista de Ferragens, mais de *seiscentos pregos por ano*.

Além disso, Benjamin se descobria cada vez mais atraído pelo lado alegre da vida. Era bem típico de seu crescente entusiasmo pelo prazer que ele fosse o primeiro homem da cidade de Baltimore a ter e dirigir um automóvel. Ao cruzar com ele na rua, seus contemporâneos encaravam com inveja sua imagem de saúde e vitalidade.

— Parece mais moço a cada ano — observavam.

Quanto ao velho Roger Button, já com sessenta e cinco anos, se de início não acolhera o filho da melhor forma, agora, enfim, reparava o erro com atitudes que beiravam a bajulação.

E aqui chegamos a um assunto desagradável, que vale abordar com a maior ligeireza possível. Havia apenas uma preocupação na mente de Benjamin Button: sua esposa já não o atraía.

Nessa época, Hildegarde tinha trinta e cinco anos e um filho de quatorze, Roscoe. No comecinho do casamento, Benjamin venerava a mulher. Mas, com o passar dos anos, seu cabelo cor de mel desbotou até virar um insípido castanho, o azul cintilante dos olhos esmaeceu feito louça barata, e mais — o pior de tudo —, ela foi ficando muito inflexível, muito apática, muito acomodada, muito anêmica de empolgações, muito sóbria de gostos. Na época do noivado, era ela quem "arrastava" Benjamin para os bailes e jantares; agora, era o contrário. Ela o acompanhava nos eventos sociais, mas sem o menor entusiasmo, já devorada por aquela eterna inércia que um belo dia se acerca de todos nós e conosco permanece até o fim.

A insatisfação de Benjamin só fez crescer. Quando irrompeu a Guerra Hispano-Americana, em 1898, ele já enxergava tão poucos encantos em casa que decidiu se alistar no exército. Graças à influência de seus negócios, conseguiu ser nomeado capitão, e

mostrou-se tão adaptável ao trabalho que foi promovido a major, chegando por fim ao cargo de tenente-coronel bem a tempo de participar do célebre ataque a San Juan Hill. Saiu com ferimentos leves e ganhou uma medalha.

Benjamin se apegara de tal forma à vida agitada e dinâmica do exército que lamentou ter que se afastar, mas seus negócios requeriam atenção, então renunciou ao cargo e voltou para casa. Foi recebido na estação por uma charanga e escoltado até sua residência.

VIII

Hildegarde, acenando com uma grande bandeira de seda, foi recebê-lo no alpendre, e logo ao beijá-la ele sentiu, com um aperto no peito, que aqueles três anos haviam cobrado seu preço. Ela agora era uma mulher de quarenta anos, com uma leve mecha grisalha bem à vista. A visão o deprimiu.

Já no quarto, Benjamin viu o próprio reflexo no espelho familiar: chegou mais perto, examinou o rosto com ansiedade e o comparou com uma fotografia sua de uniforme, tirada pouco antes da guerra.

— Deus do céu! — exclamou alto.

O processo continuava. Não havia a menor dúvida: ele agora parecia um homem de trinta anos. Em vez de alegria, sentiu

desconforto — estava mesmo remoçando. Até então guardava a esperança de que, quando a idade do corpo e a idade real se encontrassem, o grotesco fenômeno que marcara seu nascimento fosse interrompido. Estremeceu. Seu destino parecia horrendo, inconcebível.

Ao descer a escada, encontrou Hildegarde à sua espera. Ela parecia irritada, e ele se perguntou se a mulher teria, enfim, descoberto que havia algo fora de lugar. Foi num esforço para aliviar a tensão entre os dois que Benjamin tocou no assunto durante o jantar de um jeito que considerou delicado.

— Bom — observou, num tom leve —, todo mundo anda dizendo que pareço mais novo do que nunca.

Hildegarde o encarou com desdém. Torceu o nariz.

— E você acha que isso é motivo para se gabar?

— Não estou me gabando — devolveu ele, constrangido.

Ela torceu o nariz outra vez.

— Que ideia — disse Hildegarde, e depois de um momento: — Pensei que você fosse ter a decência de parar com isso.

— E como é que eu paro?

— Não vou discutir com você. Mas para tudo existe um jeito certo e um jeito errado. Se você enfiou na cabeça que quer ser diferente de todo mundo, acho que não tenho como impedir, mas para mim isso é falta de consideração.

— Hildegarde, eu não consigo controlar.

— Consegue, sim. Só que você é teimoso. Não quer ser igual às outras pessoas. Você sempre foi assim e sempre vai ser. Agora, pare um pouco e imagine como seria se todos pensassem desse jeito: como é que o mundo ia ficar?

Era um argumento inútil e irrefutável, e Benjamin não respondeu; a partir daí, um abismo começou a crescer entre os dois. Ele não conseguia entender que possível fascínio ela um dia tinha exercido sobre ele.

Para ampliar ainda mais esse abismo, ele descobriu, à medida que o novo século se aproximava, que sua sede de alegria só fazia crescer. Não havia uma festa na cidade de Baltimore em que ele não estivesse presente, dançando com a mais bela das jovens casadas, conversando com a mais popular das debutantes, sempre fascinado pela companhia de todas elas, enquanto sua esposa, uma senhora agourenta, plantava-se entre as damas de companhia, ora rígida e altiva, ora encarando Benjamin com olhos sérios, perplexos e reprovadores.

— Veja só! — comentavam as pessoas. — Mas que lástima! Um jovem dessa idade amarrado a uma mulher de quarenta e cinco. Deve ser uns vinte anos mais novo que ela.

Haviam esquecido — como é inevitável que aconteça — que seus pais e suas mães, lá em 1880, também tinham tecido comentários a respeito desse desarmônico casal.

A crescente insatisfação de Benjamin em casa era compensada por seus novos e

variados interesses. Ele começou a aprender golfe e fez grande sucesso. Tomou gosto pela dança: em 1906 era experiente no "Boston", em 1908 era considerado proficiente no "Maxixe", e em 1909 seu "Castle Walk" despertava inveja em todos os moços da cidade.

Suas atividades sociais em certa medida interferiam nos negócios, claro, mas por outro lado ele tinha passado vinte e cinco anos trabalhando duro no ramo de ferragens e sentia que dali a pouco poderia passar o bastão para o filho, Roscoe, agora recém-formado em Harvard.

A bem da verdade, ele e o filho eram confundidos com frequência. Isso agradava a Benjamin — ele logo se esqueceu do medo insidioso que o dominara ao retornar da Guerra Hispano-Americana e começou a desenvolver um inocente prazer pela própria aparência. Só havia uma mosquinha rondando essa deliciosa sopa: ele odiava aparecer em público com a esposa. Hildegarde já tinha quase cinquenta, e a figura dela o expunha a um certo ridículo...

IX

Num dia de setembro, em 1910 — poucos anos depois de o jovem Roscoe Button ter assumido o controle da Roger Button & Co., Atacadista de Ferragens —, um homem que aparentava ter seus vinte anos ingressou como calouro na Universidade de Harvard, em Cambridge. Não cometeu o erro de anunciar que nunca mais faria cinquenta anos nem mencionou o fato de seu filho ter se formado na mesma instituição dez anos antes.

Foi admitido e, quase que imediatamente, assumiu uma posição de destaque na turma, em parte porque parecia um pouco mais velho do que os demais calouros, cuja média de idade girava em torno dos dezoito anos.

Mas o sucesso veio principalmente porque, numa partida de futebol americano contra Yale, jogou de forma tão brilhante, com tamanha garra e com uma fúria tão fria e impiedosa, que acabou marcando sete *touchdowns* e quatorze *field goals* para Harvard, e ainda fez todos os onze jogadores de Yale saírem carregados do campo, um por um, inconscientes. Tornou-se o homem mais célebre da faculdade.

Por mais estranho que seja, em seu terceiro ano ele mal conseguia "compor" a equipe. Os treinadores diziam que ele tinha perdido peso, e o mais observador dentre eles notava que Benjamin já não parecia tão alto quanto antes. Não marcava mais *touchdowns* — a bem da verdade, foi mantido na equipe principalmente pela esperança de que sua enorme reputação aterrorizasse e desorganizasse o time de Yale.

No último ano, ele deixou a equipe de vez. Tinha se tornado tão franzino e frágil que um dia os veteranos o tomaram por calouro, episódio que o humilhou tremendamente. Ficou conhecido como uma espécie de prodígio — um veterano que certamente não passava dos dezesseis anos — e costumava se chocar ao ver como alguns de seus colegas de turma já eram vividos. Os estudos lhe pareciam mais difíceis — sentia que era tudo muito avançado. Ouvira os colegas falando da St. Midas's, a famosa escola na qual muitos deles tinham se preparado para a faculdade, e decidiu que depois da formatura daria um jeito de entrar lá, onde a vida protegida em meio aos garotos do seu tamanho lhe cairia melhor.

Depois da formatura, em 1914, voltou para casa, em Baltimore, com o diploma de Harvard debaixo do braço. Na época, Hildegarde estava passando uma temporada na Itália, então ele foi morar com o filho, Roscoe. Embora, de modo geral, Benjamin fosse bem-vindo, Roscoe obviamente não

era lá muito caloroso com o pai — havia, inclusive, uma tendência perceptível, por parte do filho, de achar que ele era uma pedra em seu sapato, uma vez que ficava vagando cabisbaixo pela casa, naquela distração típica dos jovens. Roscoe já era um homem casado e uma figura proeminente na sociedade de Baltimore, de modo que não queria nenhum tipo de escândalo associado a sua família.

Benjamin, que deixara de ser *persona grata* entre as debutantes e os estudantes mais novos, sentia-se muito sozinho, exceto pela companhia de três ou quatro garotos de quinze anos da vizinhança. A ideia de ir para a St. Midas's não lhe saía da cabeça.

— Olha — disse para Roscoe certo dia —, já cansei de falar que quero ir para a escola preparatória.

— Pois então vá — respondeu Roscoe, curto e grosso. O assunto não lhe agradava, e ele queria evitar uma discussão.

— Acontece que não posso ir sozinho — retrucou Benjamin, impotente. — Você terá que me matricular e me levar até lá.

— Não tenho tempo — declarou Roscoe, de forma brusca. Seus olhos se franziram e ele olhou constrangido para o pai. — A propósito — acrescentou —, está na hora de botar um ponto-final nessa história. É melhor você pisar no freio. Melhor... melhor — ele fez uma pausa e enrubesceu enquanto buscava as palavras —, é melhor dar meia-volta, pegar um retorno e recomeçar na direção certa. Essa brincadeira já foi longe demais. Não tem mais graça. Trate de... trate de se comportar!

Benjamin olhou para ele, a ponto de cair no choro.

— E tem mais — continuou Roscoe. — Quando tivermos visitas em casa, quero que me chame de "tio"... nada de Roscoe, e sim "tio", está entendendo? Não tem cabimento um garoto de quinze anos me chamar pelo primeiro nome. Talvez seja melhor você me chamar o tempo *todo* de "tio", para ir se acostumando.

Roscoe lançou um olhar impiedoso para o pai e então foi embora...

X

Ao fim dessa conversa, Benjamin foi subindo as escadas com tristeza e se olhou no espelho. Fazia três meses que não se barbeava, mas nada se via em seu rosto além de uma leve penugem clara que nem precisava de acerto. Logo que ele chegara de Harvard, Roscoe fora falar com ele, sugerindo que usasse um par de óculos e uma barba falsa colada nas bochechas, e por um instante Benjamin teve a sensação de que acabaria por reviver toda a farsa dos primeiros anos de vida. Mas a barba pinicava e o deixava envergonhado. Ele chorou, e Roscoe, relutante, cedeu.

Benjamin abriu um livro de histórias, *Os escoteiros de Bimini Bay*, e começou a ler. Mas percebeu que não conseguia parar de

pensar na guerra. Os Estados Unidos haviam se unido à causa Aliada no mês anterior, e Benjamin queria se alistar, mas infelizmente dezesseis era a idade mínima e ele não aparentava ter tudo isso. De todo modo, sua verdadeira idade, que era cinquenta e sete, também o teria desqualificado.

Ele ouviu uma batida à porta, e o criado apareceu trazendo uma carta com uma grande etiqueta no canto, endereçada ao sr. Benjamin Button. Benjamin abriu avidamente o envelope e leu o conteúdo, tomado de alegria. A carta informava que diversos oficiais da reserva que tinham servido na Guerra Hispano-Americana estavam sendo reconvocados para o serviço com uma patente mais alta, e trazia anexada sua nomeação como general de brigada do exército estadunidense, com ordens de se apresentar imediatamente.

Benjamin deu um pinote, tremendo de tanto entusiasmo. Era exatamente o que queria. Apanhou seu quepe e, dez minutos depois, adentrou uma alfaiataria na Charles Street e pediu, com seu balbucio agudo, que lhe tirassem as medidas para um uniforme.

— Quer brincar de soldado, rapazinho? — perguntou o funcionário, num tom despreocupado.

Benjamin enrubesceu.

— Não lhe interessa o que eu quero! — devolveu, irritado. — Eu me chamo Button e moro na Mt. Vernon Place, então o senhor sabe que posso pagar.

— Bom — admitiu o vendedor, hesitante —, se você não puder, não tem problema, o papai deve poder.

O sujeito tirou as medidas de Benjamin, e uma semana depois o uniforme estava pronto. Ele teve dificuldade em conse-

guir a insígnia apropriada de general, pois o vendedor insistiu que um bom broche da Associação Cristã de Moças teria o mesmo efeito e ainda deixaria a brincadeira mais divertida.

Sem dizer nada a Roscoe, Benjamin saiu de casa certa noite e seguiu de trem até o Acampamento Mosby, na Carolina do Sul, onde iria comandar uma brigada de infantaria. Num dia quente de abril, aproximou-se da entrada do acampamento, pagou o carro que o levara da estação até lá e virou-se para o guarda que estava a postos.

— Mande alguém vir apanhar minha bagagem! — disse, num tom ríspido.

O guarda o encarou com olhar de reprovação.

— Ora, ora — comentou ele —, aonde é que você vai com essa roupa de general, garoto?

Benjamin, veterano da Guerra Hispano-Americana, virou-se para o homem com um olhar fulminante, mas também, infelizmente, com uma voz aguda e instável.

— Sentido! — tentou bradar; parou para tomar fôlego, e de repente viu o guarda unir os pés e ajeitar o rifle na postura. Benjamin disfarçou um sorrisinho de satisfação, mas quando olhou em volta o sorriso murchou. Não era ele quem inspirava

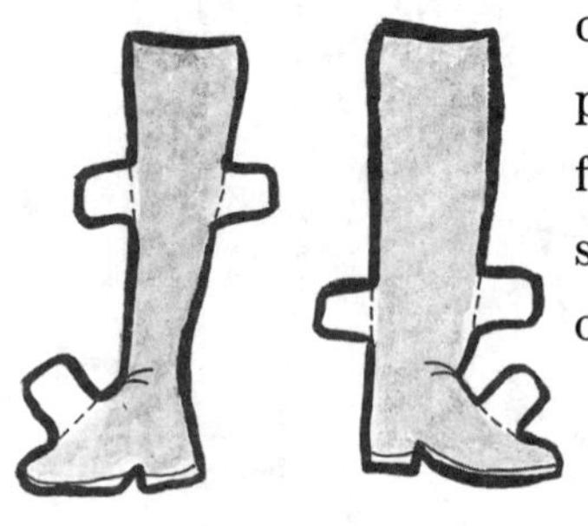

obediência, mas um imponente coronel de artilharia que vinha chegando a cavalo.

— Coronel! — gritou Benjamin, esganiçado.

O coronel se aproximou, puxou as rédeas e olhou para baixo com um certo brilho nos olhos frios.

— De quem é esse garotinho? — perguntou, com delicadeza.

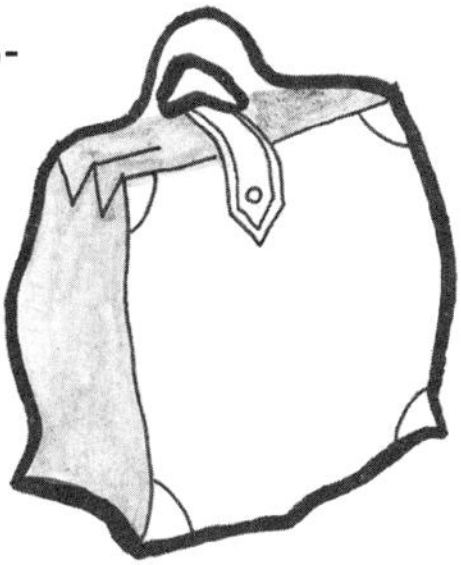

— Eu vou lhe mostrar o garotinho! — devolveu Benjamin, cheio de raiva. — Desça já desse cavalo!

O coronel explodiu numa gargalhada.

— Quer ficar com ele, é... general?

— Aqui! — gritou Benjamin, em desespero. — Leia isso aqui.

E enfiou a nomeação na mão do coronel.

O coronel leu com olhos esbugalhados.

— Onde foi que você arrumou isso? — indagou, metendo o documento no bolso.

— Recebi do governo, como o senhor dentro em breve vai descobrir!

— Queira me acompanhar — disse o coronel, com um olhar estranho. — Vamos subir até o quartel-general e resolver esse assunto. Me acompanhe.

O coronel deu meia-volta e começou a conduzir o cavalo até o quartel-general. A Benjamin nada restou a não ser acompanhá-lo com a maior dignidade possível — enquanto prometia a si mesmo uma vingança implacável.

Mas a vingança não se materializou. Dois dias depois, no entanto, quem se materializou foi seu filho Roscoe, vindo de Baltimore, nervoso e encalorado por conta da viagem feita às pressas, e carregou o general, aos prantos e *sem* uniforme, de volta para casa.

XI

Em 1920, nasceu o primeiro filho de Roscoe Button. Durante os festejos, ninguém achou oportuno mencionar que aquele garoto sujinho, de uns dez anos de idade, que brincava pela casa com soldadinhos de chumbo e um circo em miniatura, vinha a ser o avô do recém-nascido.

Ninguém desgostava do menino cujo rosto jovem e alegre guardava um leve toque de tristeza, mas para Roscoe Button a presença dele era uma fonte de tormento. No linguajar de sua geração, Roscoe não considerava o cenário "eficaz". Sentia que o pai, ao recusar-se a aparentar sessenta anos, não havia se comportado como um "macho de verdade" — essa era a expressão favorita

de Roscoe —, mas de uma forma estranha e perversa. Na verdade, pensar sobre esse assunto por mais de meia hora o levava às raias da loucura. Roscoe acreditava que as pessoas "enérgicas" deveriam se manter jovens, mas levar isso a tal ponto era... era... ineficaz. Nessa hora, ele deixava o assunto para lá.

Cinco anos depois, o filho de Roscoe já estava mais crescidinho e podia brincar com o pequeno Benjamin, sob a supervisão da mesma ama. Roscoe levou os dois para o jardim de infância no mesmo dia, e Benjamin descobriu que brincar com tiras de papel colorido, fazendo trançados, correntinhas e uns desenhos bonitos e diferentes, era a coisa mais fascinante do mundo. Um dia ele fez malcriação e ficou de castigo no canto — depois chorou

—, mas de modo geral passava horas se divertindo numa sala alegre, iluminada pelo sol, com a mão gentil da srta. Bailey acariciando vez ou outra seu cabelinho desgrenhado.

No ano seguinte, o filho de Roscoe passou para a primeira série, mas Benjamin continuou no jardim de infância. Vivia muito contente. Às vezes, quando as outras crianças falavam sobre o que queriam ser quando crescessem, uma nuvem cruzava seu rostinho, como se de um modo vago e infantil ele percebesse que jamais poderia compartilhar esse tipo de coisa.

Os dias corriam com monótona satisfação. Ele repetiu pela terceira vez o jardim de infância, mas agora era pequeno demais para entender para que serviam as tirinhas de papel colorido. Caía no choro porque os outros meninos eram maiores que ele e sentia medo dos coleguinhas. A professora falava com ele, mas, por mais que Benjamin tentasse, não conseguia entender nada.

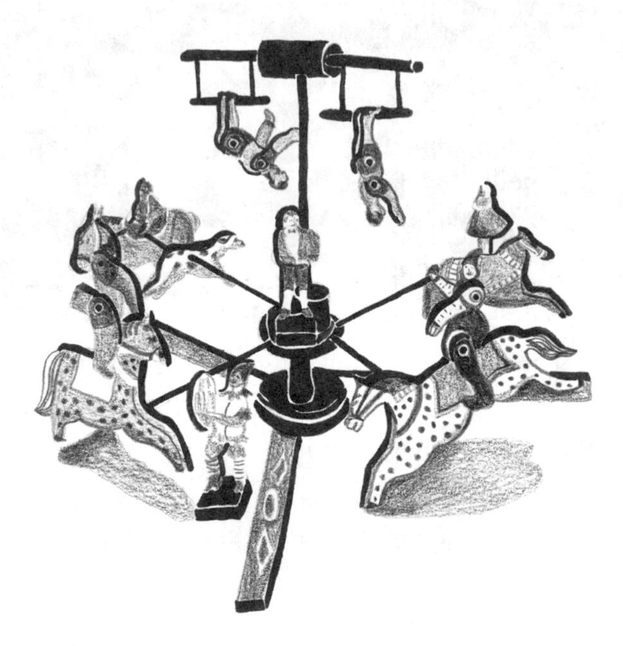

Foi tirado do jardim de infância. Sua ama, Nana, que usava um vestido de algodão engomado, passou a ser o centro do seu mundinho. Nos dias de sol os dois passeavam no parque; Nana apontava para um monstro grande e cinza e dizia "elefante", e Benjamin repetia, e na hora de dormir à noite repetia de novo, várias vezes: "elifante, elifante, elifante". Às vezes Nana o deixava pular na cama, o que era divertido, porque se ele sentasse bem retinho conseguia quicar e ficar em pé outra vez, e se gritasse um “ah” bem comprido na hora do pulo a voz saía toda esquisita e era muito gostoso.

Ele adorava pegar uma bengala grandona que ficava no porta-chapéus e sair acertando as cadeiras e mesas, dizendo “luta, luta, luta”. Quando havia gente em casa, as senhoras faziam gracejos para ele, o que o interessava, e as moças tentavam dar-lhe beijinhos, o que ele aceitava, meio entediado. Às cinco da tarde, quando o longo dia terminava, subia as escadas com Nana e ganhava comidinha na boca, mingau de aveia e outras coisas bem molinhas.

Não havia preocupações em seu sono infantil; nenhuma lembrança dos intrépidos dias de estudante universitário, nem da época luminosa em que ele abalava o coração de tantas jovens. Ele só via as paredes brancas e seguras de seu berço, e Nana, e um homem que às vezes vinha vê-lo, e uma enorme bola laranja para onde Nana apontava à noitinha, pouco antes da hora de dormir, e que chamava de "sol". Quando o sol ia embora, ele fechava os olhos — não tinha sonhos, nem pesadelos.

O passado — sua liderança no ataque feroz a San Juan Hill; os primeiros anos de seu casamento, quando ele passava os verões trabalhando até o anoitecer no centro da cidade pela jovem Hildegarde, que era o seu amor; os dias antes disso, quando varava a madrugada fumando com o avô na casa velha e escura da família Button, na Monroe Street —, tudo isso havia desbotado em sua mente feito sonhos abstratos, como se jamais tivesse acontecido.

Ele não lembrava. Não lembrava direito se da última vez que o alimentaram o leite estava morno ou frio, nem como os dias corriam — só havia o berço e a presença familiar de Nana. Então, esqueceu tudo. Quando sentia fome, chorava... e só. Passava os dias e as noites respirando, rodeado de murmúrios e sussurros bem baixinhos, de uns cheiros todos muito parecidos, de luz e escuridão.

Então tudo escureceu, e o berço branco, os vultos que o rodeavam e o aroma doce e morno do leite evaporaram para sempre de sua mente.

O verso da história

por

João Anzanello Carrascoza

Em nossa efêmera vida humana, não existe quem não tenha se assombrado ao pensar na correnteza do tempo e ao sentir a força das horas atravessando seu corpo e espírito. Sagrada é a concepção do tempo de Santo Agostinho, para quem é próprio do tempo — criação de Deus — o não ser. Já a teoria de Platão, à sua maneira, obriga-nos a subir ao mundo das ideias, alargando nossa capacidade de abstração: "o tempo é a eternidade em movimento". Tecido da nossa existência, afirmou Antonio Cândido. E Padre Antônio Vieira nos recorda que "tudo cura o tempo, tudo faz esquecer, tudo gasta, tudo digere, tudo acaba".

O tempo, rei, nos versos de Gilberto Gil, "transforma as velhas formas do viver, ensina-nos o que não sabemos", especialmente que "tudo agora mesmo pode estar por um segundo", as águas de repente — "não se iludam mães zelosas e pais corujas" — ficam sujas. Na oração-canção-poema de Caetano Veloso, o tempo, "compositor de destinos, tambor de todos os ritmos", por ser tão inventivo e parecer contínuo, "é tão bonito quanto a cara do meu filho", escreve o artista baiano.

No engenho e na arte literária, múltiplas são as máquinas, as mágicas e os milagres criados pelos escritores para ralentar o tempo, paralisá-lo ou mesmo acelerá-lo. Como se o tempo pudesse ser mudado em sua substância; como se o seu sangue devesse obedecer a uma ordem de aprisioná-lo e, igualmente, libertá-lo, conforme o fluxo arterial dos nossos desejos.

Em suas camadas subterrâneas, não é senão o tempo, em linha reversa, o agente motivador de *O curioso caso de Benjamin Button*, este desconcertante conto de F. Scott Fitzgerald, no qual um bebê, Benjamin, já nasce velho, e, com o avanço dos anos, vai desenvelhecendo, remoçando, meninando, até atingir a desmemória de um recém-nascido.

A imaginação de Fitzgerald compõe um relato em terceira pessoa cuja estrutura se sustenta em onze partes, contemplando as fases essenciais de uma vida, desde a sua chegada ao mundo até o seu fim, embora em sentido inteiramente contrário. É essencial sublinhar, de saída, a primazia do elemento masculino em todo o enredo. Não por acaso, o conto começa com a narração do nascimento (já com a idade de setenta anos) desse ser estranho sob o ponto de vista de seu pai, Roger Button; a ação o segue até uma loja, com o intuito de comprar roupas para o recém-nascido; acompanha depois a estranha criatura nas brincadeiras com outros garotos em sua "infância"; e, assim, a trama vai desenovelando os impasses da condição de Button conforme seu (de)crescimento.

O espaço para a presença feminina se dá apenas com a entrada na história da jovem Hildegarde Moncrief, que se torna esposa de Benjamin (e de quem ele, aos poucos, mas definitivamente, vai se afastar, pois, em oposição aos efeitos do tempo nela, ele rejuvenesce a cada ano), e com a ama, Nana, que só aparece no final da narrativa, quando Benjamin termina o seu processo de desviver a velhice e chega, com a morte, a seu invertido instante inaugural.

Os diálogos vigorosos, marca deste que foi considerado o intérprete literário da era do jazz, se destacam. São eles que dão forma aos quiproquós que, à semelhança de *A comédia dos erros*, de William Shakespeare (na qual os protagonistas, gêmeos, se passam um pelo outro à vista dos demais), são incontornáveis no caso de Benjamin: como quando ele e o pai vão parecer irmãos, ou quando o filho de Benjamin, Roscoe, será visto como se fosse seu pai e não seu descendente, e quando o próprio Benjamin e seu neto terão a mesma idade e brincarão juntos.

Convém aqui realçar que, não por acaso, nenhuma história existe sem o tempo nela se apalavrar. Os ficcionistas tentaram burlá-lo, criando o fluxo de consciência, o *flashback*, o *flash forward*, mas o tempo, mesmo em espiral, em ramas de instantes entretecidos, se solta e continua a verter a sua independência.

Em quase toda prosa de ficção, o tempo vai e volta, graças ao poder de evocação dos escritores, às manhas e artimanhas da memória, que colhem e embalam as ações do passado. Nesta narrativa ao revés, Fitzgerald não só faz o seu personagem passar pelas estações da vida de trás para frente, mas nos leva compulsoriamente a pensar na impossibilidade de um futuro que nasce pronto e na irreversível mutabilidade de nossos atos.

O enredo do conto, vale enfatizar, desenvolve-se, metaforicamente, no âmbito da alta sociedade estadunidense da época, que seria mais tarde observada pelo próprio autor de maneira mais direta e ácida, pela lente do realismo crítico, em *O grande Gatsby*, seu mais celebrado romance.

E, como sabemos, o tempo é compreendido de forma distinta em virtude das matrizes socioculturais, como é o caso de certos povos indígenas que, ao contrário da nossa cultura, enxergam no passado fatos que estão diante de seus olhos (pois podem rever à frente as suas vivências) e apreendem o futuro às suas costas (o porvir não pode ser visto, já que os olhos se dirigem para o horizonte).

Não por acaso, vamos ver nas fabulações de Júlio Verne a tentativa de burlar o tempo em *A volta ao mundo em 80 dias*; e, na literatura de outros tantos autores, é recorrente a presença de uma máquina do tempo, como em *A invenção de Morel*, de

Adolfo Bioy Casares. A vontade de reviver momentos marcantes é também inerente à nossa condição e, como não nos é facultada a sua realização, advém a saudade — sentimento tão bem metaforizado por Chico Buarque na canção "Pedaço de mim": "a saudade dói como um barco/ que aos poucos descreve um arco/ e evita atracar no cais". Uma vez na correnteza espaço-temporal, não há como sair de suas águas senão na foz que, ao fim, nos acolherá. Ou, como diz Manoel de Barros, "o tempo só anda de ida", embora o tempo na vida de Benjamin Button tenha sido de volta.

Em última instância, temos neste curioso caso também uma história de amor — às voltas com o inevitável fosso que separa amantes de idades distintas, como Benjamin e Hildegarde. Precisas, portanto, são as palavras do Padre Vieira: "gasta-se o ferro com o uso, quanto mais o amor". E, seja como for, ferro, amor, família, tudo, a seu tempo, em linha reta, espiral ou ao revés, vai, devagar ou aceleradamente, deixando de ser o que é.

JOÃO ANZANELLO CARRASCOZA é autor dos romances que compõem a *Trilogia do Adeus* e dos livros de contos *O volume do silêncio*, *Aquela água toda* e *Catálogo de perdas*, entre outros.

F. Scott Fitzgerald, um escritor do tempo-espaço

por Isadora Sinay

F. Scott Fitzgerald nasceu em 1896 em Saint Paul, Minnesota, um estado do Meio-Oeste estadunidense. Filho de uma família de classe média, foi, aos dezoito anos, estudar na Universidade de Princeton, mas antes de se formar saiu para lutar na Primeira Guerra Mundial. Em 1918, Fitzgerald ficou estacionado por alguns meses no Alabama, onde conheceu Zelda Sayre, que viria a se tornar sua esposa e musa. Ao contrário de Scott, que descendia de comerciantes irlandeses, Zelda havia crescido na exclusiva elite sulista, um universo aristocrático de clubes de campo, bailes de debutante e rígidos códigos sociais.

A passagem por esse lugar permite a Fitzgerald conhecer um lado do Estados Unidos diferente daquele em que havia crescido, distante sobretudo do mundo progressista das universidades de elite do Nordeste. Essa experiência lhe mostra um país fragmentado, em que diferentes tempos e estágios de modernização coexistem e se relacionam.

Essa percepção influenciou a escrita de suas primeiras obras, contos que examinavam os costumes e hábitos do Sul (e que mais tarde seriam reunidos nos volumes *Flappers and Philosophers* e *Contos da era do jazz*) e, em 1920, *Este lado do paraíso*, seu romance de estreia.

O livro é um romance de formação e conta a história de Amory Blaine, um jovem do Meio-Oeste que parte para Princeton acreditando em um futuro promissor. Enquanto vai e volta da universidade para casa, Blaine se envolve com diversas mulheres, cada uma delas apresentando uma possibilidade distinta de sociedade que ele pode habitar e homens que ele pode ser. A jornada de Blaine do Meio-Oeste para o Norte, mais tarde empreendida por outros protagonistas de Fitzgerald, é mais do que um deslocamento espacial: essa viagem representa um salto no tempo, a passagem do século XIX para o XX, e uma excursão ao centro do poder. O homem que o protagonista pode se tornar é diferente em cada um desses espaços e Fitzgerald explora no livro as consequências morais e existenciais dessas escolhas.

O livro foi um sucesso, especialmente entre o público mais jovem e, em 1922, com o lançamento de *Os belos e malditos*, os Fitzgerald entraram para os círculos da elite cultural e vanguarda de comportamento nos Estados Unidos e na Europa. Mais do que qualquer outro autor de sua geração, Scott teve sua vida pessoal confundida com seus temas literários, e o estilo de vida que levava com Zelda fez tanto para firmar o escritor como o cronista da geração dos anos 1920 quanto suas obras.

Porém, nem tudo era festas e champanhe e, em seu segundo romance, Fitzgerald aprofunda a análise da desintegração moral e psicológica causada pelos ambientes de excessos e ostentação dessa elite, a qual já havia começado em *Este lado do paraíso*. Essa atenção ao lado obscuro de uma época tida geralmente como de otimismo e a capacidade de retratar a pressão das aparências e o hedonismo angustiado de uma geração recém-saída da Primeira Guerra foi o que elevou Fitzgerald de mero participante da era do jazz a seu analista mais preciso.

A pressão para enriquecer e o empobrecimento intelectual causado pela agitada vida social eram efeitos que o escritor sentia na pele. Scott e Zelda viviam à beira da penúria financeira, em um casamento tempestuoso esgarçado pelo quadro psicológico dela e o quase esgotamento dele, quc publicava sem parar em revistas e jornais literários para sustentar a vida de luxos da família. Além disso, a solidão e o tempo necessários para o trabalho artístico eram ameaçados pelas idas e vindas do casal às festas constantes a que eles compareciam. As tensões entre viver a era do jazz e ser capaz de tomar a distância necessária para analisá-la começaram a aparecer nas obras de Fitzgerald e influenciariam seus escritos da segunda parte da década.

Em 1924, após o nascimento de sua única filha e a primeira passagem de Zelda por uma instituição psiquiátrica, o casal partiu para a França, onde se uniu a um grupo cada vez maior de expatriados estadunidenses. Foi ali, a uma distância considerável de sua terra natal e na exata metade dos anos 1920, que Fitzgerald escreveu o que seria sua obra-prima, *O grande Gatsby*, um retrato ácido dos efeitos da sociedade de consumo e do culto ao individualismo na psique da nação. Diferentemente de seus primeiros romances, *O grande Gatsby* não apenas retrata o lado obscuro de uma época de prosperidades, mas amplia a crítica para a mentalidade moderna e a própria constituição dos Estados Unidos. Esse fato dá ao livro um ar de decadência e ruína inevitáveis, como se os contrassensos e fissuras morais que o autor vinha apontando desde o início da década estivessem finalmente a ponto de explodir. Essa descida em direção ao fim — e ao que Fitzgerald ainda não sabia que seriam os terrores da década de 1930 — já começava a se fazer visível.

Dessa forma, tempo, lugar e biografia são elementos inseparáveis da obra de F. Scott Fitzgerald. O entrelaçamento desses aspectos com os movimentos sociais e econômicos da época deu origem a uma obra que, embora clássica, é também profundamente específica de seu tempo e lugar.

A noção de tempo como algo relativo e simbólico é um tema constante na obra do escritor. Fitzgerald olha para o passar do tempo na cidade e no campo, nos longos jantares e bailes de debutantes do Sul em contraste com o mundo do tempo do jazz e do cinema em Nova York. Nick Carraway, em *O grande Gatsby*, envelhece muito mais nas semanas em que a história se passa do que em seus anos de faculdade, e o casal de *Os belos e malditos*, por outro lado, parece justamente se recusar a envelhecer, desesperando-se diante da necessidade de abandonar uma época de eterna juventude.

O curioso caso de Benjamin Button levanta todos os principais temas de Fitzgerald, mas ao mesmo tempo é bastante diferente do restante de sua obra. Publicado pela primeira vez na revista *Collier's Weekly* em 1922, o texto reapareceu no mesmo ano em *Contos* *da era do jazz*, na seção que o próprio Fitzgerald chamou de "Fantasias", composta por *Benjamin Button* e "O diamante do tamanho do Ritz". Ambas as histórias exibem um elemento imaginativo raro no autor, o que provavelmente lhes relegou a essa categoria, mas Fitzgerald também fala de ambas como tendo origem em um impulso pessoal, uma curiosidade a ser perseguida, fruto de um movimento interno, e não tanto de um olhar social.* Para além do elemento fantástico, o conto traz outras características que o deslocam: apesar do título da coletânea, *Benjamin Button* é tudo, menos um conto da era do jazz. Sua ação se inicia em meados do século XIX e termina por volta de 1925. Apesar disso, e do fato de que o protagonista é, em certo sentido, um jovem, ele dificilmente poderia beber champanhe e dançar com moças de vestido melindrosa e cabelo chanel.

* FITZGERALD, F. S. *Tales of the Jazz Age*. Cambridge: Cambridge University Press, 2012.

Mesmo com essas peculiaridades, o conto que narra a história de um homem que envelhece ao contrário talvez seja o mais famoso do autor, e é possível que isso se deva às questões universais levantadas por essa proposta. Na introdução a *Contos da era do jazz*, Fitzgerald diz:

> Essa história foi inspirada por um comentário de Mark Twain que dizia ser uma pena que a melhor parte da vida viesse no começo e a pior no final. Ao tentar esse experimento em apenas um homem em um mundo perfeitamente normal, eu provavelmente não dei uma chance justa à ideia.**

Essa introdução apresenta o conto como um exercício, uma curiosidade pessoal explorada a título de experiência — é como se Fitzgerald usasse a literatura para pensar se é mesmo verdade que "a juventude

** Idem, tradução minha.

é desperdiçada com os jovens". Contudo, o início da história já demonstra que o autor move peças em um tabuleiro maior, e que, embora ele foque em apenas um homem, o "mundo perfeitamente normal" a sua volta não deixa de ter suas peculiaridades. Já nas primeiras páginas do texto, por exemplo, o autor nos lembra que essa é uma Baltimore do "pré-guerra", povoada por uma "aristocracia" da "Confederação" — em outras palavras, que essa é uma cidade escravocrata.

É importante notar que a relação de Fitzgerald com uma ficção política ou engajada é complexa. É verdade que *O grande Gatsby* pode ser lido como uma condenação do individualismo e do senso de impunidade dos muito ricos. De forma semelhante, diversos de seus contos retratam com uma espécie de brutalidade velada os costumes conservadores e a moralidade do Sul. Ainda assim, dificilmente poderíamos considerar Fitzgerald um escritor engajado, e menos ainda alguém particularmente incomodado com as políticas raciais de sua época, uma vez que estereótipos racistas e antissemitas são comuns em suas obras.

Contudo, ao contar essa história de “apenas um homem”, o escritor talvez tenha construído em *Benjamin Button* uma de suas obras mais críticas. Isso porque, apenas um ano antes do início da Guerra de Secessão, quando movimentos hostis já eram claros, e o clima nacional, tenso, o grande escândalo de Baltimore é essa criança esquisita. A eclosão da guerra serviu, pelo menos, para desviar um pouco os olhares, e o narrador, com leve ironia, marca o acontecimento como um golpe de sorte, uma cortina de fumaça que teria salvo os Button da profunda desgraça social.

A pressão das aparências e os custos psicológicos de uma vida guiada pelo olhar externo é um dos temas mais recorrentes em Fitzgerald. Neste conto, o temor do olhar condenador do outro é o maior motivo de infelicidade para a família durante a primeira infância de Benjamin. Para driblar esse medo, seu pai decide tratar o filho como o bebê que ele deveria ser, em vez do idoso que ele de fato é, na esperança de enganar não apenas à vizinhança, mas a si mesmo.

Essa crença exacerbada na ação individual e na força de vontade como capazes de mudar algo que é, no final, apenas um fenômeno da natureza, é outra das grandes críticas levantadas pelo escritor no conto. Benjamin vive sua vida de maneira invertida e, em determinado momento, quando se torna fisicamente uma criança e precisa ser cuidado por seu filho, agora um adulto, este lhe diz:

> [...] — A propósito — acrescentou —, está na hora de botar um ponto-final nessa história. É melhor você pisar no freio. Melhor... melhor — ele fez uma pausa e enrubesceu enquanto buscava as palavras —, é melhor dar

> meia-volta, pegar um retorno e recomeçar na direção certa. Essa brincadeira já foi longe demais. Não tem mais graça. Trate de... trate de se comportar! (p. 106)

Em outro trecho, é dito que:

> No linguajar de sua geração, Roscoe não considerava o cenário "eficaz". Sentia que o pai, ao recusar-se a aparentar sessenta anos, não havia se comportado como um "macho de verdade" — essa era a expressão favorita de Roscoe —, mas de uma forma estranha e perversa. Na verdade, pensar sobre esse assunto por mais de meia hora o levava às raias da loucura. Roscoe acreditava que as pessoas "enérgicas" deveriam se manter jovens, mas levar isso a tal ponto era... era... ineficaz. Nessa hora, ele deixava o assunto para lá. (pp. 119-121)

Em um conto cheio de passagens melancólicas e doloridas, essa talvez seja a mais cruel. Para o leitor que acompanhou as diversas dificuldades da vida de Benjamin, a ideia de que ele poderia ter algum tipo de autoridade sobre sua forma de envelhecimento é absurda e insensível. Benjamin não pode, mais do que qualquer um de nós, alterar a forma como seu corpo avança no tempo ou mudar a direção de seu amadurecimento. Contudo, a expectativa de que um indivíduo seja capaz de decidir seu próprio destino e domar até mesmo forças incontroláveis da natureza é mais uma das ideologias fundadoras do espírito americano. Da independência à marcha para o Oeste, de George Washington a Jay Gatsby — os homens tomados como símbolos dos Estados Unidos (para o bem ou o mal) são capazes de refazer-se completamente.

Nesse sentido, o envelhecimento invertido de Benjamin Button é um recurso inteligente para falar do que na verdade é a condição de todos nós. Assim como Benjamin não pode impedir a si mesmo de envelhecer ao contrário, nenhum de nós pode se impedir de envelhecer na direção certa. A passagem do tempo, o envelhecimento do corpo e a morte são certezas inescapáveis, e sua inversão dentro da narrativa é um mecanismo eficiente para explorar a impotência dos seres humanos frente à marcha da vida.

Ao contrário do que o próprio Fitzgerald pondera, é talvez no paralelo entre Benjamin e as outras pessoas que esse experimento encontre sua força. Isso porque, apesar de sua vida invertida, o caminho de Benjamin Button se parece bastante com o de uma pessoa comum: ele nasce em um estado de limitação física e dependência, e então ganha gradualmente força e agilidade. Em determinado momento apaixona-se, mas o tempo esmaece essa relação. Ele torna-se excelente em esportes, mas então menos capaz de praticá-los. Por fim, retorna à condição de dependência e limitações físicas e um dia deixa de existir. Claro, Benjamin pode viver a exuberância dos anos de universidade depois de um amor tranquilo de meia-idade, mas no final ele é, como todos os homens, vítima do tempo e de sua força implacável.

É surpreendente que uma das histórias mais famosas do homem-símbolo da década de 1920 e da crítica ao materialismo estadunidense não se passe sequer nessa década, nem inclua automóveis, luzes neon ou os outros símbolos da ostentação material que nos acostumamos a relacionar à obra de Fitzgerald. Mas *O curioso caso de Benjamin Button* fala dos temas mais caros a seu autor: a pressão das aparências, a armadilha do individualismo, a solidão, a impermanência do amor e a maneira como lugar e época influenciam cada uma dessas questões. Ao jogar sua história no passado, libertando-a da estética e da abordagem características da era do jazz, Fitzgerald realça sua face mais universal e humana. Benjamin Button, homem invertido, é uma metáfora de todos nós — e nos permite perguntar: o que faz um homem? Ou ainda, o que faz uma vida?

ISADORA SINAY é doutora em Letras pela USP e autora do livro *Você não deve esquecer nada*. Trabalha como crítica literária, tradutora e professora.

Benjamin Button no cinema

por Sérgio Rizzo

Entre a publicação de *O curioso caso de Benjamin Button*, em 1922, e sua única adaptação para o cinema, lançada em 2008, quase 90 anos se passaram. Muito tempo? Sim, se considerarmos que dezenas de filmes, telefilmes e minisséries baseadas em outros romances e contos de F. Scott Fitzgerald foram realizadas em bem menos tempo. A primeira versão cinematográfica oficial de *O grande Gatsby*, por exemplo, estreou em novembro de 1926, menos de dois anos depois da publicação do romance. Entre 1920 e 1924, já haviam sido adaptados para o cinema um romance — *Belos e malditos* — e quatro contos escritos por Fitzgerald.

O interesse por sua obra continuou depois da morte precoce do autor, em 1940, e ganhou novo impulso com *Suave é a noite* (1962). Caprichada produção da 20th Century Fox, esse filme tinha orçamento generoso para a época (3,9 milhões de dólares) e um diretor de prestígio em Hollywood, Henry King, que havia feito outras bem-sucedidas transposições literárias, como *A canção de Bernardette* (1943, baseado em um romance de Franz Werfel), *As neves do Kilimanjaro* (1952, baseado em um conto de Ernest Hemingway) e *E agora brilha o Sol* (1957, baseado em um romance de Hemingway). *Suave é a noite*, versão do romance homônimo que Fitzgerald publicou em 1934, foi o derradeiro filme dirigido por King e disputou o Oscar de melhor canção original.

A história de Benjamin Button, no entanto, representou um desafio muito maior do que os romances acima mencionados.

Maior inclusive do que outro romance de Fitzgerald, *O último magnata* — que, trazendo como protagonista um produtor de Hollywood, foi transposto diversas vezes para a TV e ganhou versão para cinema em 1976, dirigida por Elia Kazan (*Sindicato de ladrões, Clamor do sexo*) e estrelada por Robert De Niro. O universo que as demais obras do autor descortinam tem contornos realistas e é marcado por personagens de traços sociais bem definidos. Embora muitas vezes sejam cercados de mistério e ambiguidade, agem em circunstâncias que o espectador reconhece como verossímeis. Não se deve menosprezar, claro, a complexidade de dar corpo a uma figura multifacetada como Jay Gatsby, protagonista do romance considerado a obra-prima de Fitzgerald, *O grande Gatsby*. Experimente perguntar a Robert Redford e a Leonardo DiCaprio se foi fácil interpretar esse protagonista (nas versões de 1974 e de 2013, respectivamente).

Estenda a pergunta aos diretores dessas adaptações, Jack Clayton e Baz Luhrmann. Da escrita do roteiro à montagem final, inúmeras decisões foram tomadas, em ambos os casos, para estabelecer certo registro dramático. De todo modo, essas decisões tiveram como referência o fato de que o Gatsby de Fitzgerald, apesar da aura de mistério e desconfiança que o cerca, é um ser humano como todos nós. Seria portanto necessário, como na imensa maioria dos dramas, recriá-lo de modo a levar o público a acreditar justamente nessa dimensão humana.

Em contraste com *O grande Gatsby*, o universo de Benjamin Button respeita outras regras — aquelas das fábulas —, e se apresenta ao leitor como uma fantasia mordaz que dribla convenções realistas sem, contudo, abrir mão de uma moldura social reconhecível como verdadeira. Mesmo alguém pouco familiarizado com os bastidores técnicos do audiovisual é capaz de imaginar o desafio que se coloca à espreita de qualquer tentativa de adaptar (ou, no jargão do nosso tempo, transcriar) uma obra como essa. Durante boa parte das nove décadas entre a publicação do conto e o lançamento do filme, a pergunta impeditiva era: como capturar em imagens o absurdo de um protagonista que nasce idoso e morre bebê? Antes que a revolução digital acelerasse de maneira extraordinária a tecnologia dos efeitos especiais, só havia uma resposta possível: fazer um desenho animado. O problema é que o argumento do conto não é infantil, mas adulto. E, por muito tempo, entendeu-se que a técnica da animação servia apenas à produção para consumo de crianças e adolescentes. Até o final do século XX, raros eram os filmes animados que, voltados para o público adulto, tinham financiamento generoso e distribuição internacional. Logo, a conta não fechava: não seria possível fazer uma versão *live action* (com atores) porque não havia condições técnicas, e, embora fosse possível fazer uma animação, não havia condições de mercado.

A longa história de *O curioso caso de Benjamin Button* como um ambicioso e intrincado projeto de Hollywood só teve início quando se começou a vislumbrar a possibilidade tecnológica de realizá-lo. Foi em 1990 que a roteirista Robin Swicord entregou uma versão do conto para cinema. Naquele momento, sua experiência resumia-se aos roteiros do medíocre filme de ação *Travessia a Cuba* (1980), de um episódio da série *Abertura Disneylândia* (transmitido em 1987) e da comédia dramática *Sol, praia e amor* (1988). Mas, de acordo com relatos, não havia quem lesse a sua reinterpretação de Benjamin Button sem se encantar. De fato, esse trabalho foi um divisor de águas em sua carreira. Os créditos seguintes como roteirista vieram em produções de prestígio, como *Adoráveis mulheres* (1994, baseado em romance de Louisa May Alcott), *Matilda* (1996, coescrito pelo marido de Swicord, Nicholas Kazan, e baseado em livro de Roald Dahl) e *Memórias de uma gueixa* (2005, baseado em um romance de Arthur Golden). Ela também escreveu e dirigiu *O clube de leitura de Jane Austen* (2007), inspirado no romance homônimo de Karen Joy Fowler. Todos esses filmes (e mais alguns outros dos quais também participou) foram realizados e lançados antes de *Benjamin Button*, o que possibilita compreender, na régua do cinema, como esse projeto demorou a andar.

Em 1990, quando Swicord terminou seu roteiro, a adaptação do conto de Fitzgerald era um projeto da Amblin Entertainment, a produtora de Steven Spielberg. A empresa havia comprado os direitos de adaptação do veterano produtor Ray Stark (*Funny girl: a garota genial*, 1968) depois de uma frustrada tentativa de convencer a Universal Pictures a embarcar na aventura. A ideia era que Spielberg, cineasta por trás de *Tubarão*

(1975) e *E.T.: o extraterrestre* (1982) assumisse a direção, mas ele precisou, naquele momento, se dedicar inteiramente a dois filmes também complexos: *A lista de Schindler* e *Parque dos dinossauros*, ambos lançados em 1993. Por esse motivo, em 1991, *Benjamin Button* foi congelado. Pouco depois, os produtores Frank Marshall e Kathleen Kennedy, até então sócios de Spielberg na Amblin, saíram da empresa para formar a sua própria companhia, a Kennedy/Marshall, e levaram consigo o roteiro de Swicord. Até o final dos anos 1990, o projeto passou pelas mãos de diversos diretores, como Ron Howard (*Uma mente brilhante*, 2001), Spike Jonze (*Quero ser John Malkovich*, 1999) e Agnieszka Holland (*O jardim secreto*, 1993), sem que ninguém conseguisse tocá-lo adiante. A barreira técnica ainda se impunha. Outro diretor que avaliou o roteiro, Frank Oz (*O cristal encantado*, 1982), julgou que não havia como fazer um filme porque o conto "não tem conflito", ou seja, faltava-lhe supostamente o combustível que alimenta um drama, de acordo com a cartilha narrativa dominante em Hollywood e expressa em inúmeros livros, manuais e oficinas.

Para encontrar uma solução, a Paramount — sócia da Kennedy/Marshall no projeto — contratou, já em 2001, o veterano roteirista Eric Roth. Na época, ele já havia recebido o Oscar de melhor roteiro adaptado por *Forrest Gump* (1994), baseado no romance de Winston Groom, e uma indicação nessa mesma categoria por *O informante* (1999), inspirado em uma reportagem de Marie Brenner. Além disso, tinha três décadas de experiência em Hollywood e a confiança dos grandes estúdios. Num dos vídeos de *making of* que acompanham o DVD de *O curioso caso de Benjamin Button*, Roth conta que, em primeiro lugar, tentou compreender por que Fitzgerald escrevera o conto. Concluiu que havia sido "por brincadeira", como "um capricho", sem nenhum grande objetivo artístico exceto o de criar uma sátira sobre como a juventude é "desperdiçada com os jovens". Coube então a Roth preparar uma nova versão do roteiro a partir do material assinado por Swicord, o qual, para efeitos de crédito, virou "argumento" do filme. Esse trabalho de reescrita foi parar nas mãos de alguém que conhecia o projeto desde o nascedouro e gostava do roteiro de Swicord, mas que por muito tempo acreditou ser impossível filmá-lo: David Fincher. Fincher, que despontou muito jovem na indústria do entretenimento como diretor de vídeos musicais para astros como Madonna, Aerosmith, Billy Idol, Iggy Pop, Sting, Patti Smith e George Michael, já havia consolidado uma carreira igualmente bem-sucedida no cinema. Alguns de seus maiores êxitos foram *Seven: os sete pecados capitais* (1995), *Clube da luta* (1999) e *O quarto do pânico* (2002).

Foi "por volta de 2004 ou 2005", segundo ele, que passou a pensar seriamente no filme de Button. Em seu currículo, trazia também experiências com a Industrial Light & Magic (ILM), empresa de efeitos especiais fundada por George Lucas (criador de *Star Wars*). Fincher disse que lá aprendeu o fundamental para um projeto como *Benjamin Button*. "Nosso trabalho é mentir, nós podemos resolver isso", assegurou à Paramount e a Kennedy/Marshall. Já havia tecnologia para que um único ator interpretasse o personagem em quase todas as fases da vida, mas custaria caro. Seria preciso economizar onde mais fosse possível. Fiel às coordenadas geográficas do conto, o roteiro de Roth previa filmagens em Baltimore, no estado de Maryland. A equipe de pré-produção instalou-se na cidade para avaliar as possíveis locações, adaptações e construções. Feitas as contas, o orçamento ficou além do planejado.

Surgiu então a possibilidade de rodar o filme em outra cidade portuária, Nova Orleans, para aproveitar os incentivos fiscais oferecidos pelo estado de Louisiana, instituídos com o objetivo de reerguer a economia local depois da catástrofe provocada pelo furacão Katrina em agosto de 2005.

Roth cuidou então de adaptar o roteiro para Nova Orleans, incluir o Katrina na história e sedimentar o entendimento de Fincher a respeito do filme. Aquela era, segundo o diretor, uma "história de morte". Essa definição do tom agridoce do filme contribuiu para que a adaptação seguisse na contramão do que estamos habituados a acompanhar na indústria do audiovisual, seja no cinema ou na TV. Adaptações de romances, que compõem a imensa maioria das transcriações, costumam receber críticas por condensar aspectos da narrativa original — simplificar situações, resumir diálogos, dispensar cenas e personagens. Novelas e contos mais extensos também se submetem a procedimentos de condensação que podem desagradar, em especial, aos leitores que admiram a obra literária. Por outro lado, um conto curto como *O curioso caso de Benjamin Button* equivale a uma moldura a ser preenchida conforme os interesses dos responsáveis pela adaptação. Não se trata, em casos como estes, de registrar o que ficou de fora. O exercício mais estimulante passa por identificar toda a riqueza do que entrou e como os elementos adicionados ao esqueleto do conto contribuem para a expansão da obra literária, aprofundando traços que no texto são meramente esboçados, ou mesmo criando novos horizontes de interpretação.

Swicord, Roth, Fincher, Kennedy, Marshall e outros profissionais que participaram dessa empreitada notável — como Brad Pitt, Cate Blanchett, Tilda Swinton, Taraji P. Henson e Mahershala Ali, para ficar num recorte do elenco — chegaram a um lugar que talvez pareça distante do conto original. O filme termina por aproximar-se, no entanto, de um aspecto fundamental da obra do autor, apontado por Ruy Castro no prefácio do volume *24 contos de F. Scott Fitzgerald*: "Todos esses contos são a história de uma perda: da beleza, do dinheiro, da dignidade e, talvez a pior, da esperança. Para Fitzgerald, no entanto, a única que parece imperdoável — e inevitável — é a da juventude". *Benjamin Button* não está presente na coletânea organizada por Castro, lançada antes que o filme existisse e pudesse reviver o interesse pelo conto. Mas é importante assinalar que, no trabalho notável de expansão cinematográfica, encontramos inúmeros elementos que sustentam a ideia da perda como um fio condutor da obra de Fitzgerald, incluídos os romances. A amargura do filme percorre uma curva ascendente à medida que vão se acumulando as perdas na trajetória do personagem. As românticas, por exemplo, são punhaladas de que ele não se recupera (e muitos espectadores também não).

Os traços de Daisy (Blanchett), embora lembrem vagamente o que se delineia de Hildegarde Moncrief (a esposa de Benjamin no conto), atingem, no filme-dentro-do-filme em que se transforma a história de amor entre os dois, um ponto menos zombeteiro, e muito mais intenso e doloroso, a respeito de relacionamentos. Não por acaso, o principal cartaz promocional do filme traz, lado a lado, os rostos de Pitt e Blanchett. O filme de *O curioso caso de Benjamin Button* é, entre outras coisas, uma pungente história de amor, temperada pela perversidade do acaso — a sequência do acidente de Daisy é memorável, quase insuportável por tudo o que significa para a personagem — e, claro, pela perversidade também forçosa da passagem do tempo. A outra grande história de amor vivida por

Benjamin, com Elizabeth Abbott (Swinton), é uma extraordinária criação do filme em nome da defesa da mesma ideia. A exuberância visual que caracteriza os trabalhos de Fincher encontra a excelência do diretor de fotografia Claudio Miranda (vencedor do Oscar por *A vida de Pi*, 2012) na construção de outro enlace doloroso do acaso (mais um filme-dentro-do-filme) cujo palco principal é a cozinha de um hotel onde Benjamin e Abbott se encontram durante madrugadas de um inverno rigoroso para tomar chá e... conversar. O inesperado reaparecimento de Abbott mais adiante, em uma tela de TV, atribui um bônus saboroso à sua participação na jornada.

Por falar em TV, é importante ressaltar que a opção por mudar a ambientação temporal da história serve não apenas para aproximar o filme do público, mas também para rabiscar uma pequena crônica dos EUA no século XX e início do XXI.

Não chega a ser, como no *Forrest Gump* que Roth também roteirizou, uma história alternativa em que o protagonista se insere em momentos-chave do país. Tem mais a ver com uma pequena história da vida privada no Sul dos EUA, em que a casa de repouso na qual Benjamin passa a morar quando adotado por Queenie (Henson) transforma-se em um personagem e nos ajuda a compreender mudanças sociopolíticas. Adoção? Essa ideia, transgressora em relação ao conto, duplica as tragédias: a do bebê-idoso deformado e rejeitado pelo próprio pai (Jason Flemyng) como o culpado pela morte da mãe no parto, e a desse pai arrependido que, mais tarde, reaproxima-se na tentativa de expiar a culpa por tudo o que deixou de viver e permitir que os outros vivessem. Perdas, perdas, perdas, esculpidas pelo tempo, sempre implacável, com o qual não se consegue negociar. Disparar o relógio de uma vida no sentido inverso foi o expediente provocativo de Fitzgerald para ironizar a corrente da vida. No filme, esse mesmo expediente adquire a força de uma centrífuga que lança a todos no mergulho emocionalmente avassalador que é viver.

SÉRGIO RIZZO é jornalista, professor, crítico e curador de cinema. Mestre em Artes/Cinema e doutor em Meios e Processos Audiovisuais pela ECA-USP, é crítico de *O Globo* e professor do Centro Universitário FAAP, da Casa do Saber e do Espaço Itaú de Cinema. Trabalha como diretor associado da Deusdará Filmes, especializada em documentários de impacto. Dirigiu o documentário de curta-metragem *Passo* (2018) e o episódio brasileiro do longa colaborativo *A Living Tree Means a Living Planet* (2019), foi roteirista do documentário *Descarte* (2021) e da série de TV *Idade Mídia* (2022), que também codirigiu.

Dados Internacionais de Catalogação na Publicação (CIP)

F553c

O curioso caso de Benjamin Button / F. Scott Fitzgerald ; ilustrações por Julia Jabur ; tradução por Debora Fleck, Mariana Serpa. – Rio de Janeiro : Antofágica, 2022. 176 p. : il ; 11,5 x 16,8 cm

Título original: The Curious Case of Benjamin Button

ISBN: 978-65-86490-73-2

1. Literatura americana. I. Jabur, Julia. II. Fleck, Debora. III. Serpa, Mariana. IV. Título.

CDD: 813 CDU: 821.111(73)

André Queiroz – CRB 4/2242

Antofágica
prefeitura@antofagica.com.br
instagram.com/antofagica
youtube.com/antofagica
Rio de Janeiro — RJ

1ª edição, 1ª reimpressão

OS FINS E OS INÍCIOS SE
CONFUNDEM EM ANTOFÁGICA

A equipe da Ipsis Gráfica nem viu o tempo passar enquanto imprimia, em papel Pólen Soft 80g, esta curiosa história composta em Windsor LtCn BT e Austin News Text, em julho de 2023.